1. Der Tod wartet

2. Parsley Manor

3. Eine Flasche Burgunder, eine Topfpflanze, eine Pastete und

ein Füllfederhalter

4. Parsley Field

7. Inspector Greenwood ermittelt

8. Das kleine glänzende Ding

9. Gift

10. Geister der Vergangenheit

11. Rätselhafte Begegnungen

12. Alte Häuser - alte Geschichten

13. Daisy – Chain

14. „Ich vergesse nichts – keine Handlung, keinen Namen, kein Gesicht....“

1. Der Tod wartet

„Was für eine Verschwendung meiner kostbaren Zeit“, murmelte die alte Dame und hinterließ mit ihrem Krückstock ein lautes Stakkato auf dem Pflaster der West Street. Verwunderte Passanten schoben sich kopfschüttelnd an ihr vorbei und strebten nach ihrem Theaterbesuch in die angrenzenden Restaurants und Bars.

Das St. Martin´s Theatre war bis auf den letzten Platz besetzt gewesen. Ein Stück von der beliebten Krimiautorin Agatha Christie bedeutete immer volles Haus und volle Kassen für den Theaterbesitzer, der sich sehr gut vorstellen konnte, demnächst auch „Die Mausefalle“ von Mrs Christie hier einmal aufzuführen.

Am Ende des vierten Vorhangs hatte sich der kleine nette Impresario sichtlich zufrieden die Hände gerieben. Er strich sich die von Pomade glänzenden Haare, schlang sich mit Schwung seinen weißen Schal um den Hals und verließ das Theater leise vor sich hin pfeifend in Richtung der, bei Theaterleuten sehr beliebten, Bar *Red Backdrop* in der Weststreet.

Nur die alte Miss Agatha Eugenie Hillman schien gar nicht zufrieden zu sein. Sie hatte die Eintrittskarte von ihrem Anwaltsbüro überreicht bekommen. Miss Hillman war mit einem Lächeln darauf hingewiesen worden, dass die Autorin des Stückes „*Der Tod wartet*“ den gleichen Vornamen trug, wie ihre hochgeschätzte Mandantin.

Natürlich war dem Anwalt der Kanzlei Pington, Pington und Pridges, Mr Pridges, im selben Moment klar geworden, dass das keine besonders gute Idee und Blumen vielleicht die bessere Wahl gewesen wären.

Er hatte mit der alten Dame und ihren eigenartigen Ansichten bereits reichlich Bekanntschaft gemacht, seit die Erbsache der Familie Hillman verhandelt worden war. Aber Miss Agatha Eugenie Hillman, Aktenzeichen 5/30/47, Erbsache Hillman, Parsley Field, war, in Bezug auf den Geldwert, eine ausgezeichnete Mandantin und somit der Kanzlei ausgesprochen dienlich. Also hatte er über ihre kleinen Macken hinweg gesehen.

Agatha Eugenie Hillman war nun bereits fünfundsechzig Jahre alt. Sie war groß und hager und auf ihrem langen faltigen Hals saß ein kleiner Kopf mit grauem dünnem Haar, das sie stets zu einem Knoten gebunden trug. Ihr verkniffenes Gesicht erinnerte an eine runzlige Kartoffel. Ihre eisblauen Augen wirkten kalt und hart. Die schmalen Lippen schienen ein Lächeln niemals gelernt zu haben. Sie presste sie stets eng, wie ein ängstliches Kind auf dem Zahnarztstuhl, zusammen.

Bei ihrem Hausmädchen Polly war sie so beliebt, wie Hagel im August. Das hatte die hübsche Polly hinter vorgehaltener Hand dem Botenjungen des Gemüsehändlers zugeflüstert. Wie ein Lauffeuer hatte sich dieser Satz verbreitet und sorgte unter den zahlreichen Lieferanten der alten Dame für Heiterkeit.

Heute nun, an diesem Freitag im November des Jahres 1947, hatte sich die alte Dame, bekleidet mit ihrem besten Kleid aus feiner schwarzer Spitze und einem Rotfuchsmantel der renommierten Firma *House of Redfox* London, auf den Weg in das St. Martin´s Theatre gemacht.

Das von Polly herbeigerufene Taxi brachte sie in die Weststreet. Miss Hillman hatte sich bereits beim Einlass beschwert, dass dieser Sitzplatz wohl kaum angemessen für sie sein könne. Man hatte sie dann mit Blick auf ihre Eintrittskarte und das voll besetzte Theater eines anderen belehrt und die alte Dame war schnaubend vor Wut zu ihrem Platz in der 9. Parkettreihe gehumpelt.

Bis zum Ende des ersten Aktes hatte sie nicht aufgehört ihre Sitznachbarn über die Unmöglichkeit dieser völlig aus der Luft gegriffenen Geschichte zu belehren. Der arme Mr Plumm zu ihrer Rechten war zu höflich, um etwas zu sagen. Mrs Karmikle dagegen, die resolute Dame zu ihrer Linken, machte Miss Hillman in der Pause mit eindeutigen Worten klar, dass diese die Klappe halten solle oder gehen könne und sie, Mrs Karmikle, würde gern für ein Taxi sorgen. Der Rest der Aufführung verlief etwas ruhiger.

Nun stand die alte Dame also vor dem Theater, schimpfte vor sich hin und sah sich nach einem Taxi um. Auf der gegenüber liegenden Seite erspähte sie das gewünschte Fahrzeug und machte sich auf den Weg. Der Taxifahrer war in seine Zeitung vertieft.

Miss Hillman klopfte laut mit ihrem Krückstock an das Taxifenster und verlangte Aufmerksamkeit. Der Taxifahrer kurbelte sein Fenster herab und sah sie böse an. „Hey, Lady, so geht das aber nicht, wollen Sie vielleicht eine neue Scheibe bezahlen? Was soll denn das?“

„Labern Sie nicht so viel, Sie sehen doch, dass ich ein Taxi brauche. Also hopp, öffnen Sie gefälligst die Tür.“ Der Taxifahrer war so überrascht, dass ihm kein passendes Widerwort einfiel. Er stieg aus, öffnete die hintere Tür und ließ die Dame einsteigen. „Cornwall Gardens Nummer 10 A, na fix, worauf warten Sie?“ Der Taxifahrer brummte etwas, dass die Dame zum Glück nicht hörte. So schnell wie möglich startete er den Motor und fuhr mit einem

Tempo um die nächste Kurve, das die Dame auf dem Rücksitz ordentlich durcheinander rüttelte. Er hielt vor dem Haus Nummer 10 A bereits nach fünfzehn Minuten. Bei dem abendlichen Verkehr war das eine Meisterleistung. Aber Miss Hillman sah das natürlich nicht so. Sie stieg aus, reichte ihm das verlangte Geld, ohne Trinkgeld, und humpelte auf ihren Stock gestützt schimpfend über die heutigen Taxipreise zum Eingang ihres Hauses.

Die Häuser in Cornwall Gardens waren vor dem Krieg blendend weiß gewesen, mit Säulen vor dem Eingang, wunderschönen Balkonen darüber und schmiedeeisernen Gitterzäunen neben dem Eingang.

Nun wirkten die Fassaden grau und an den schmiedeeisernen Gitterstäben wuchs Rost. Manch einem mochten die immer gleichen aneinander gebauten Häuser langweilig erscheinen, aber gerade das machte den Charme dieser Londoner Wohngegend aus. Kensington war eine bevorzugte Wohngegend der Reichen und Vornehmen. In der Nachbarschaft reihte sich ein Delikatessengeschäft an das nächste und nach dem großen Krieg sahen nun auch ihre Angebote endlich wieder etwas besser aus.

Miss Hillman konnte sich das alles nun leisten. Umständlich nahm sie den Schlüssel aus ihrer mit Perlen besetzten Tasche. Sie schloss die Tür auf und stand in einer großzügig angelegten Vorhalle. Sie drehte den Lichtschalter neben der Tür. Noch etwas flackernd erhellte die Deckenlampe den Raum. Die alte Dame sah mit zusammen gekniffenen Augen zu der Lampe über ihr, schüttelte den Kopf und murmelte.

„Wann machen diese Faulpelze im Gaswerk endlich ordentlich ihre Arbeit. Der Krieg ist schon lange vorbei.“ Dann drehte sie sich umständlich um und schloss mit energischen Bewegungen die Haustür wieder ab.

„Was für eine verdammte Verschwendung meiner Zeit, dieses Stück war lächerlich“, sagte sie laut in die Stille des Hauses hinein. „Vor einem Zelt mit einer Spritze ermordet. Dass ich nicht lache. Wie unwahrscheinlich ist das denn. Ich weiß schon, weshalb ich diese unsäglichen Kriminalromane nicht lese. Und nun muss ich mir auch noch meinen Tee selbst machen, weil dieses Mädchen einen freien Tag benötigt. Einfach lächerlich.“

Sie legte ihren Rotfuchs ab und humpelte auf ihren Stock gestützt in die Küche. Zu ihrer Überraschung standen dort auf dem Tresen ein Tablett mit einer Kanne unter einer Wärmehaube und daneben ein abgedeckter Teller mit Sandwiches. Das hatte das Mädchen doch noch niemals getan?

„Wahrscheinlich fruchten endlich meine Versuche, aus ihr ein richtiges Hausmädchen zu formen“, murmelte die alte Dame. Sie versuchte eins der Sandwichs und goss sich einen Becher Tee ein.

„Naja, Sandwiches sind etwas anderes, das hier ist trocken wie Zwieback.“ Sie nahm den Becher und stakste, den Stock hart aufsetzend, in das Kaminzimmer, in dem noch ein kleines Feuer glimmte.

„Wenigstens hat sie Feuer gemacht, bevor sie ging.“ Die alte Dame setzte sich in den Ohrensessel vor dem Kamin und schlürfte lautstark den Tee. Nach einer Weile wurde ihr warm und sie fühlte sich schläfrig.

„Ich vergesse niemals etwas, keine Handlung, keinen Namen und kein Gesicht.“[1] Agatha Eugenie stutzte. Das hatte sie nicht

---

[1] Aus Agatha Christies „Der Tod wartet“

gesagt, die geflüsterten Worte kamen aus der dunklen Ecke hinter ihr.

„Wer ist da, was haben Sie hier zu suchen? Polly, bist du das?", fragte sie nun etwas ängstlich. Die Stimme ertönte erneut.

„Polly hat doch ihren freien Tag, Agatha, das weißt du doch. Sie trifft sich in diesem Moment mit einem sehr netten jungen Mann und wird sich wieder einmal totlachen über dich, Agatha. Keine Angst, meine Liebe, ich bin keiner der Geister, die Ebenezer Scrooge besuchen wollen. Außerdem wissen wir doch beide genau, dass diese Geschichte mit dir in der Hauptrolle nicht so gut ausginge. Für dich würde es mit dem Geist der zukünftigen Weihnacht enden und dem Grabstein, auf dem dein Name steht. Du wirst dich nicht ändern, niemals, ich erwarte das auch nicht von dir. "

Agatha war zu müde, um aufzustehen. Ihre Beine wollten plötzlich nicht mitspielen. Sie bekam kein Wort über ihre trockenen Lippen. Was war mit ihr?

„Ach Agatha, bemüh dich doch nicht so. Es war nur ein kleines bisschen im Tee. Davon wirst du nur etwas müde. Ich will mich doch noch etwas unterhalten. Und diesen Satz, den ich dir soeben sagte, den hast du doch vorhin in dem Theaterstück gehört, nicht wahr?"

„Was hat dieses schreckliche Stück denn damit zu tun?", Agathas Stimme klang heiser und krächzend, als sie sich nun anstrengte etwas herauszubringen.

„Dieses wundervolle Stück von Agatha Christie spielt eine ganz entscheidende Rolle, meine Liebe. Ja, es ist ganz wunderbar, was die Autorin sich da ausgedacht hat. Eine Frau zu bestrafen, die nur Schlechtes für die Menschen in ihrer Umgebung gebracht hat. Die wie ein böser Geist umhergeht, um Menschen so sehr weh zu tun, dass sie sterben und vergehen, nur für den eigenen Vorteil. Ist das nicht eine Strafe der besonderen Art wert? Sag selbst Agatha Eugenie Hillman, hast du nicht genug Boshaftigkeit über die Menschen gebracht? Es ist nur ein kleiner Schritt und alles ist vorbei."

Die alte Dame fühlte einen Pieks auf ihrem Arm.

„Es ist doch so einfach. Du bekommst jeden Tag eine Injektion mit Digitoxin, nicht wahr? Um deine Herzprobleme zu behandeln. Genau wie in Mrs Christies genialem Theaterstück. Die gute Schwester, die jeden Tag kommt, um dir deine Spritze zu verabreichen, hast du auch schon oft genug beleidigt. Ach Agatha, wie dumm von dir. Sie wird Scotland Yard zu Protokoll geben, dass du eine furchtbare Patientin warst, immer streitsüchtig und uneinsichtig. Und da ist es doch nicht verwunderlich, wenn du dir unabsichtlich selbst eine Überdosis verabreichst, weil es dir vielleicht heute Abend nicht gut ging. Wusstest du, meine Liebe, dass Digitoxin aus dem roten hochgiftigen Fingerhut gewonnen wird? Nein? Du solltest wirklich mehr lesen, es bildet so ungemein. Ich vergaß, du liest ja nicht. Ach, das ist nicht gut. Lesen ist wie essen. Man braucht es um zu überleben. Das verstehst du nicht? Naja, es ist nicht so schlimm. Ich kann behaupten, was du bis jetzt nicht gelesen hast, wirst du wohl niemals mehr lesen. Nur Polly tut mir etwas leid. Sie muss sich einen neuen Job suchen. Aber hab keine Angst, meine Liebe, mit diesem hübschen Gesicht und so jung, wie sie ist, wird man sich um sie reißen."

Ein leises Kichern erklang. Der Schatten hinter Agatha bewegte sich auf den Ohrensessel zu. Ein Scheit Holz flog in das Feuer.

„Ich mach es dir schön warm, das ist doch das Mindeste." Eine Hand griff vorsichtig an das Handgelenk der alten Dame.

„Da rede ich und rede und du bist schon lange nicht mehr bei mir. Ich wünsche dir einen guten Flug, Agatha Eugenie Hillman, in die Hölle."

Der Schatten glitt zurück in die Dunkelheit und nach einer Weile hörte man etwas entfernt eine Tür ins Schloss fallen.

Dann war es still im Haus in Cornwall Gardens Nummer 10A. Eine kleine Maus kam aus ihrem Versteck und sah sich aufmerksam um. Bis jetzt waren da noch Stimmen und das grausame Klacken des Stockes auf den Fliesen. Das mochte die kleine Maus gar nicht. Sie meinte davon Knoten in den Ohren zu bekommen. Aber nun war es totenstill im Haus.

Die kleine Maus lief vorsichtig trippelnd in die Küche, vorbei an der Mausefalle, die sie seit langem kannte und umrunden musste. *Was sich diese Menschen einbildeten. Meinten sie wirklich kleine Tiere wären dümmer als große Menschen?*

Vom Küchentresen herunter duftete es lecker nach Brot und Käse. Sie war schnell oben und mit einem Stück Käse wieder unten auf dem Boden. Aber immer noch war nichts weiter zu hören als das Trippeln des kleinen Nagers auf den Fliesen. Die kleine Maus lief weiter ins Wohnzimmer. Hier war es viel wärmer. Im Kamin loderte ein schönes Feuer.

Die kleine Maus lief zu dem großen Ohrensessel davor und blickte hinauf. Fast wäre ihr vor Schreck der letzte Bissen Käse aus dem Mund gefallen. Da saß diese schreckliche alte laute Frau. Sie bewegte sich nicht.

Die Maus schnüffelte. Sie merkte mit ihren wachsamen tierischen Instinkten, dass diese furchtbare Mitbewohnerin nie wieder eine Mausefalle für sie aufstellen würde. Wahrscheinlich hätte sie gelächelt, wenn sie es gekonnt hätte.

Leise trippelte sie zurück in die Küche und schlug sich den Bauch mit den saftigen Sandwichs auf dem Tresen voll. Was für ein wundervoller Abend.

2. Parsley Manor

Mit einem leisen Knistern landete die Nadel auf der dicken Schellackplatte. Langsam und bedächtig erhob sich die Melodie und steigerte sich nach und nach.

Der Mann bewegte sich vor dem kleinen runden Spiegel an der Wand im Rhythmus der Musik. Seine rechte Hand kratzte dabei geschickt mit dem Rasiermesser über seine Wange. Ab und zu hielt er inne, schloss genüsslich die Augen und summte leise.

Während vor dem Fenster gerade die Sonne zum Himmel stieg, erwachte langsam das Haus. Die Schallplatte tat dabei ihr Übriges, die Bewohner der oberen Etage des alten ehrwürdigen Herrenhauses aufzuwecken. Die Beschwerden wegen des morgendlichen Wecklärms stapelten sich in dem kleinen Nussbaumsekretär der Hausdame Mrs Argyle. Auch in dieser Woche würde es sicher wieder eine kurze Notiz geben. Meist kam diese von der Zofe der Hausherrin, Filomena Arbuckle. Die hatte sie von der kleinen resoluten Köchin Mrs Porkpie, diese von dem Chauffeur Gonzales, wie immer mit einem kurzen *Maldita* verbunden und dieser bekam die Notiz von dem Knecht Harrison. Jeder unterschrieb den kleinen Zettel und wusste bereits in diesem Moment, dass sich nichts ändern würde.

Der Gärtner Herringbone unterschrieb niemals, da er das große Glück hatte, mit seinem frechen Kater Mortecai ein kleines, wunderbar separates Zimmer neben dem Glasgewächshaus zu bewohnen. Er lächelte, wenn er wieder einmal beim Frühstück hinter vorgehaltener Hand von Mrs Porkpie über den neuerlichen

Angriff auf ihre Hörnerven informiert wurde und strich sich bedächtig über seinen breiten Schnurrbart.

Der Butler Arthur Reginald Beanstock war unantastbar, besaß das absolute Vertrauen seiner Herrschaft und solange diese Herrschaft nichts von dem Lärm hörte, verschwanden die kleinen Notizen im Nussbaumsekretär. Eventuell mit einer hochgezogenen Augenbraue kommentiert.

Mrs Argyle war kurz nach dem Butler Beanstock in Parsley Manor angekommen, um ihre Stelle als Hausdame anzutreten. Sie war die Einzige, die wusste, dass der Butler auch eine sehr weiche und verständnisvolle Seite in seinem Innersten versteckte. Als sie ihn vor so vielen Jahren kennenlernte, hatte sie ein schlimmes Erlebnis zu verarbeiten. Deshalb hatte sie London verlassen müssen und die Stelle auf dem Lande bei den Baronets Parsley angenommen. Der Butler war ihr mit sehr viel Ruhe und Verständnis begegnet. Das würde sie ihm niemals vergessen.

Beanstock besah sich sein glatt rasiertes Gesicht im Spiegel. Er nahm das Handtuch, wischte letzte Schaumflocken von seiner Wange und griff zum Kamm. Sorgfältig strich er sein volles schwarzes Haar zurück. Strich um Strich wurde er zu dem Butler, den sein Arbeitgeber bevorzugte; keinen Bart, blendend weißes, frisch gestärktes Hemd mit Stehkragen und schwarzer Krawatte, schwarze Nadelstreifenhosen mit Bundfalte, schwarzes Jackett, schwarze Weste.

Beanstocks Schrank enthielt mehrfach nur diese Kleidungsstücke und für festliche Anlässe einen schwarzen Frack. Er besaß keine sogenannte legere Freizeitkleidung. Es erschien ihm nicht angemessen, außerhalb seiner Pflichten in irgendeiner Weise leger zu wirken.

Das Musikstück endete mit einem furiosen Trommelwirbel. Vorsichtig nahm er den Tonarm von der alten Schallplatte, schob den Plattenteller zurück in seinen hölzernen Kasten und schloss die mit wunderbar farbigen Intarsien versehene vordere Klappe. Er drehte den kleinen goldfarbenen Schlüssel im Schloss und steckte ihn, wie an jedem Morgen, in die rechte Westentasche. Sein Finger klopfte dreimal auf die Tasche. Er nickte zufrieden.

Nichts ist der perfekten Erledigung der kommenden Aufgaben zuträglicher, als eine ausgewogene morgendliche Routine.

Beanstock war bereit.

Er brauchte dieses morgendliche Ritual. In seiner zwanzigjährigen Tätigkeit für den Baronet Sir Percival Parsley hatte es ihm Kraft und Genugtuung gegeben. Es klopfte leise an seiner Zimmertür.

Der Butler räusperte sich, um die Stimme ausgewogen klingen zu lassen und ließ ein kurzes „Herein“ hören. Das Hausmädchen Bernice stand mit einem kleinen Holztablett in der Tür, knickste und sah mit einem zornigen Blick zu dem Butler.

„Ihr Morgentee, Sir.“

Sie betonte den „Sir“ über die Maßen, wie Beanstock feststellte. Das junge Mädchen mit den rosigen Wangen und den hellen lebhaften Augen sah ihn wartend an. Sie hatte lange rötliche Haare, die sie zu einem Zopf gebunden trug.

Ihr dunkelgrünes Kleid hatte lange enge Ärmel mit weißen glatten Stulpen am Ende und reichte bis zu den Waden. Über dem Kleid trug sie eine weiße Schürze, die breiten Träger rückenlang.

Beanstock wies mit der Hand zu dem kleinen runden Tisch neben seinem Sessel.

„Danke Bernice.“

Das Hausmädchen knickste erneut und ging aus der Tür.

Beanstock nahm seine morgendliche Tasse Tee, Darjeeling, ein halber Löffel Zucker, zwei Löffel Milch, an jedem Tag um halbsieben Uhr in seinem Zimmer ein.

In der Zeit zwischen sechs Uhr und sieben Uhr hatten die Angestellten des Hauses Parsley Manor genügend Zeit ihre morgendliche Toilette zu beenden, die Zimmer aufgeräumt zu hinterlassen und das Frühstück einzunehmen. Der Butler erschien um Punkt sieben Uhr im Küchentrakt und verteilte die Aufgaben des Tages zusammen mit der Hausdame Mrs Argyle.

Das Herrenhaus Parsley Manor war nicht das größte in der Gegend um den kleinen Ort Parsley Field, aber sicher eines von den besonders sehenswerten. Im Elisabethanischen Stil erbaut, war es E-förmig und aus rötlichem Sandstein.

In der Mitte des vorderen Gebäudeteils befand sich ein Efeu bewachsener Eingangsvorbau, während nach hinten eine weitläufige Terrasse mit einer breiten Treppe zum Garten und kiesbedeckten Wegen zu dem Glasgewächshaus angelegt worden waren.

Große senkrecht und waagerecht unterteilte Fenster beherrschten die Fassade und wo sich im Inneren die Eingangshalle befand, erstreckten sich die Fenster sogar über zwei Etagen. Umgeben von schattigen Obstgärten, einem mauerumbauten Gemüse- und Kräutergarten, sowie verschwenderischen Blumenbeeten, erschien das Haus wie ein verwunschenes Märchenschlösschen. Auf dem Platz vor dem Eingang wuchs ein uralter riesiger Gingkobaum. Er war der Liebling der Hausherrin Lady Fedora Parsley.

Sie war eine kleine resolute Dame, stets mit einem Lächeln auf dem runden rosigen Gesicht. Ihre dunkelblonden Haare hatten schon das ein oder andere weiße Strähnchen, was sie aber nicht im Geringsten störte. Meist sah man sie ohnehin mit einem großen hellen Strohhut auf dem Kopf, ihre Malutensilien unter dem Arm, auf der Suche nach einem lohnenden Motiv durch den weitläufigen Garten streifen. Sie betätigte sich seit vielen Jahren mit großem Erfolg als Blumenmalerin und hatte bereits einige Auszeichnungen erhalten. Ihre Publikationen waren landesweit bekannt und beliebt.

Ihr Mann, Sir Percival Parsley, hatte sich vor einigen Jahren einen Traum erfüllt und das alte zugige Gemäuer, wie er es damals nannte, modernisieren lassen. Sir Percival hatte renoviert, ausgebaut und für seine Frau ein wunderschönes Gewächshaus im viktorianischen Stil anbauen lassen. Dieses Gewächshaus brachte Lady Fedora auf die Idee der Blumenmalerei. Sie hatte immer schon wundervolle Bilder gemalt, aber der Erfolg kam erst mit ihren Büchern.

Als das Haus endlich 1939 fertig geworden war, zeigten sich bereits die schrecklichen Vorzeichen des Krieges. Sir Percival und viele der männlichen Angestellten mussten fortgehen und nicht alle waren wieder zurückgekehrt. Aber nun, im Jahre 1950, begann sich alles wieder zu normalisieren und die Baronets konnten ihr Landleben endlich in vollen Zügen genießen.

Sie hatten den Haushalt nicht in großem Stil angelegt, wie es in den Herrenhäusern der Umgebung üblich war. Sie verpachteten das Land ringsum und lebten zufrieden von den Einnahmen durch die Pächter und vor allem durch die Tätigkeit von Lady Fedora.

Betrat man den Eingang des Hauses kam man nun, nachdem die dunklen muffigen Möbel entfernt worden waren, in eine einladende Halle mit glänzendem Parkettboden und bequemen Sesseln in der Mitte vor einem hellen Marmorkamin. Links führte eine hohe weiße Tür in die Bibliothek, den bevorzugten Raum und zugleich Arbeitszimmer von Sir Percival. Hier brütete er stundenlang über alten Chroniken und ging seiner Leidenschaft nach, Legenden und Sagen der Umgebung auf ihren Wahrheitsgehalt hin zu erforschen.

Rechts ging es in den Salon, der gemütlich mit Sofas und kleinen Tischen ausgestattet war. Vor den hohen Fenstern zogen Scharen von bunten Vögeln über die bedruckten Vorhänge. Vom Salon führte ein breiter Durchgang in das so genannte Musikzimmer. Obwohl niemand Klavier spielen konnte, stand in der Mitte ein riesiger Flügel. Auf dem glänzend schwarzen Deckel tummelten sich kleine und große gerahmte Fotografien der weit verzweigten Familie der Baronets von Parsley.

Neben dem Kamin in der Halle gab es links die Tür zum großen Esszimmer der Familie, mit einem langen dunklen Eichentisch, gepolsterten Stühlen und einem riesigen Kandelaber über dem Tisch. Dieses Ungetüm war als einziges Utensil noch übrig von dem alten Mobiliar. An der Rückseite des Zimmers öffneten sich hohe weiße Türen zum Garten und zur Terrasse. Da das Zimmer sehr groß war, pflegten die Herrschaften meistens ihre Mahlzeiten im gemütlichen Salon an einem kleineren runden Tisch einzunehmen.

Rechts vom Kamin der Halle führte eine breite Marmortreppe in das erste Stockwerk zu dem Schlafzimmer der Familie. Dort oben mit Blick auf den Garten war das Atelier von Lady Fedora. Bereits im Flur nahm man das feine Aroma der verschiedenen Farben wahr. Ölfarben, Tempera, Aquarellfarben stapelten sich in breiten Holzschubladen und in Keramiktöpfen drängelten sich hunderte Zeichenstifte, Kohlestücke und Pinsel. An der Wand standen breite

Schränke mit schmalen Schubladen voller Zeichenbögen. Vor dem großen Fenster stand Lady Fedoras Zeichentisch und in einem Regal konnte man ihre vielen bereits erschienenen Blumenbücher sehen. Auf dieser Etage befanden sich auf der anderen Seite auch die Gästezimmer.

Unten neben der Treppe war eine zweiflügelige Tür, die zum hinteren Teil des Hauses führte. Hier war vor allem das Küchenreich von Mrs Porkpie, der Köchin. Ein direkter Zugang war auch von den Zimmern des Personals im oberen Stockwerk möglich. Eine Steintreppe mit einem schönen alten Holzgeländer führte direkt von oben in den Arbeitsbereich des Personals. Es gab hier, neben der großen modernen Küche, einen Kühlraum, eine Speisekammer, das Büro der Hausdame, das Büro des Butlers, einen Raum für die Bügelwäsche mit Waschbecken und Schränken, die voll mit allem waren, was das Hausmädchen oder die Zofe der Hausherrin brauchen konnten. Angefangen bei Nähutensilien und Schuhputzzeug bis hin zu Fleckenmitteln, Mottenkugeln, Kerzen, Stärke, Silberputzmitteln und dem Medizinschrank.

Und es gab einen Raum, in dem das Personal die Mahlzeiten einnahm. In der Mitte über einem schönen blank polierten Holztisch hing eine Lampe mit einem breiten weißen Schirm. Der Tisch war vor einem großen Fenster platziert und man konnte den Blick in den Obstgarten schweifen lassen. Helles Sonnenlicht flutete bereits am frühen Morgen hinein. Um den Tisch verteilten sich bequeme Holzstühle mit geflochtenem Sitz. An der Wand, für jeden gut sichtbar, hing eine runde Uhr in einem dunklen Holzkasten. Es war an jedem Morgen die Aufgabe der Hausdame, diese Uhr aufzuziehen und sicher zu stellen, dass sie die genaue Zeit anzeigte.

Dorthin strebte nun Mr Beanstock gemessenen Schrittes, nach einem kurzen Blick auf die Taschenuhr in seiner Weste. Es war sieben Uhr. Die Anweisungen für das Personal wurden erwartet. Der Butler betrat den Raum und sofort verstummten die aufgeregten Stimmen. Mrs Argyle räusperte sich und begrüßte den Butler respektvoll mit einem Nicken. Das Personal war vollzählig und Mr Beanstock sah das immer gern.

Die Baronets hatten sich entschieden trotz der Bedenken des Butlers und der Hausdame nur ein Minimum an Angestellten zu beschäftigen. Sie waren der Meinung, sie bräuchten keinen aufgeplusterten Apparat an dienstbaren Geistern, die den gesamten Tag im Haus herumwuselten. So hatte es der Hausherr ausgedrückt und bis jetzt waren sie mit diesem Arrangement ausgekommen.

Die Baronets von Parsley hatten keine Kinder, somit erübrigte sich ein Kindermädchen und eine Amme oder ein Erzieher. Nur die kleine Schar der Nichten und Neffen überfiel, meist zur Ferienzeit im Sommer, das Anwesen kurzzeitig.

Sir Percival wollte keinen persönlichen Kammerdiener. Er war der Meinung, er wäre alt genug, um sich selbst anzuziehen. So reduzierte sich die Dienerschaft auf das Notwendigste und man kam seltsamerweise gut damit aus. Nur für den Frühjahrsputz und bei größeren Gesellschaften bestand die Hausdame, Mrs Argyle, auf der kurzzeitigen Einstellung von zusätzlichem Personal.

Um den großen Tisch saßen, auf ihren angestammten Plätzen, die Hausdame Mrs Argyle, wie immer kerzengrade in einem hochgeschlossenen schwarzen Kleid und streng nach hinten frisiertem grauem Haar, daneben die Zofe der Hausherrin, Filomena Arbuckle, wieder einmal nicht vorschriftsmäßig frisiert, wie Beanstock bemerkte. Dann das Hausmädchen Bernice und der Knecht Harrison, ein wortkarger Mann mit rötlichen Haaren und sehr kräftigen großen Händen. Auf der anderen Seite des Tisches saß neben der Hausdame die Köchin Mrs Porkpie, eine blendend weiße, gestärkte Haube auf den weißen Haaren und wie es aussah wohl ihren hochgelobten Speisen selbst sehr zugetan. Das Küchenmädchen Phillis neben der rundlichen Köchin war dagegen klein und unscheinbar mit ihren kurzen bräunlichen Haaren, dem grauen Kleid und der weißen Schürze. Neben ihr saß der Gärtner Mr Herringbone, fröhlich grinsend und an seinem großen gepflegten Schnurrbart zupfend. Dann der Chauffeur Gonzales, ein Spanier, wie aus einem kitschigen Roman entstiegen, groß, lockiges tiefschwarzes Haar und ein verschmitztes Lächeln auf den sinnlichen Lippen.

Beanstock sah in die Runde und setzte sich gegenüber der Hausdame auf seinen Platz. „Guten Morgen“, sagte er in die Runde der aufmerksamen Zuhörer.

Der Einzige, der immer noch grinste, war der Gärtner. Phillis erhob sich und verschwand kurz in der Küche. Sie kam mit einem Teller zurück und stellte ihn, wie an jedem Morgen, vor dem Butler ab. Er enthielt etwas Porridge, einen Teelöffel Zucker, sowie einen kleingeschnittenen Apfel. Phillis setzte sich wieder und strich dabei ihre Schürze glatt. Beanstock nickte ihr dankend zu. Bevor er seine Mahlzeit einnahm zog er sein kleines schwarzes Buch aus der Innentasche seines Jacketts, nahm den Bleistift zur Hand und öffnete es. Er begann jeden Morgen mit dem Gärtner.

„Herringbone, im Salon und in der Halle müssen die Blumen ausgetauscht werden. Ihre Ladyschaft bevorzugt im Moment Levkojen. Am Freitag erwarten Sir und Lady Parsley Gäste aus London. Für das abendliche Dinner im Esszimmer und die beiden Gästezimmer wären dann weniger duftende Blumen notwendig. Ich überlasse Ihnen die Auswahl.“ Beanstock erwartete keine Antwort. Es war Routine. Jeder wusste, was zu tun war.

„Gonzales, Sir Percival wird heute Nachmittag um Punkt vierzehn Uhr zur Kirchensitzung im Ort erwartet. Morgen ist Donnerstag und ihre Ladyschaft geruht zum Einkaufen für den festlichen Empfang am Samstag nach London zu fahren. Der Wagen steht dann um zehn Uhr bereit.“
Beanstock blätterte in seinem Buch.

„Die Anweisungen für die Küche: heute Sandwiches zum Mittag, zum Dinner dann, wie bereits besprochen und sicher vorbereitet, Spargelcremesuppe, Lamm, Salat der Saison, Griesflammeri. Die Instruktionen für den Empfang am Samstag sind bekannt.“ Beanstock blätterte eine Seite des Buches um.

„Harrison, der Kamin im hinteren blauen Gästezimmer ist nicht in Ordnung. Kümmern Sie sich darum und versuchen Sie diesmal nicht so viel Schmutz zu verursachen. Bernice, Sie helfen ihm und achten darauf. Dann bereiten Sie die Gästezimmer vor. Wir benötigen zwei Zimmer, das blaue und das grüne Zimmer.“

„Mrs Argyle, die beiden avisierten Gäste kommen am Freitag um achtzehn Uhr am Bahnhof an. Es handelt sich um Freunde der Herrschaft, zum einen den Verleger ihrer Ladyschaft Mr Van Horten, zum anderen Miss Inga Hillman.“ Der Butler hielt kurz inne, um sich nicht zu einem unangemessenen Kommentar hinreißen zu lassen. Die Hausdame beendete seinen Satz: „Wir decken an diesen Tagen im Esszimmer ein. Um die Weine und Spirituosen wird sich natürlich Mr Beanstock kümmern." Dann warf sie Phillis einen tadelnden Blick zu. Das Küchenmädchen hatte Mrs Porkpie kichernd etwas zu geflüstert, worauf die Köchin ebenfalls kicherte.

Es war allen bekannt, dass Miss Hillman eine gefeierte Schauspielerin war, im Moment für Hollywood die Neuverfilmung von *`Das Haus der Lady Applequeis´* in den Londoner Studios drehte und einen sehr eigenwilligen Lebensstil bevorzugte. Sie hatte früher hier in der Gegend gewohnt. Ihre Eltern waren Freunde von Sir Percival und Lady Fedora gewesen und Inga, die eigentlich auf den Taufnamen Priscilla hörte, war Lady Fedoras Patenkind.

Beanstock schlug das kleine Buch zu und verstaute es sorgfältig in seinem Jackett. Dann sah er in die Runde. „Danke! Wenn es keine Fragen mehr gibt...? Sie wissen, was zu tun ist." Stühle wurden gerückt und man machte sich an die Arbeit.

Die Köchin bereitete das Frühstück für die Herrschaft vor, die Zofe bügelte eine Bluse, Herringbone machte sich, wie immer grinsend, auf den Weg in das Gewächshaus, Bernice und Harrison holten Eimer und Bürsten, das Küchenmädchen Phillis deckte den Tisch im Salon. Mrs Argyle begab sich in ihr Büro, um Bestellungen für den festlichen Empfang zu erledigen und Gonzales zwickte wie an jedem Morgen Bernice in die Wange und pfiff auf dem Weg in die Garage ein Lied.

Beanstock nahm einen Löffel zur Hand und aß bedächtig und ruhig sein Porridge. Als er sein Frühstück beendet hatte, klopfte, wie fast an jedem Morgen um diese Zeit, der Briefträger Mr Partridge an die hintere Tür. Phillis öffnete und begrüßte ihn überschwänglich mit einer Umarmung.

Beanstock räusperte sich hörbar.

Phillis trat einen Schritt zurück, nahm die Post und gab ihm einen bereit liegenden Stapel Postsendungen. Der Briefträger zwinkerte ihr noch einmal zu und ging dann hinaus zu seinem Fahrrad.

„Phillis, auch wenn es Ihr Vater ist, kann es hier nur ein angemessenes Verhalten geben. Das bedeutet keine Umarmungen im Dienstbereich."

„Ja, Mr Beanstock, entschuldigen Sie, es kommt nicht wieder vor."

Sie legte die Post auf die Anrichte, knickste und kehrte in die Küche zu ihren Arbeiten zurück. Der Butler sah die Post durch. Ein Brief für Mrs Argyle und eine bunte Postkarte aus Afrika für die Zofe Filomena war die einzige Post für das Personal. Der Butler sortierte den Rest nach Briefen für Lady Fedora und Sir Percival und legte alles neben die Zeitung auf ein silbernes Tablett. Mit zusammengepressten Lippen registrierte er die unangebrachten Falten in der Zeitung. Aber Sir Percival hatte ihn angewiesen, diese nicht mehr zu bügeln. Bis vor einem Jahr war es seine Aufgabe gewesen, morgens im Bügelzimmer für eine glatte Papieroberfläche zu sorgen. Dann musste diese Aufgabe kurzzeitig von Bernice übernommen werden, da er einen Auftrag in London für Sir Percival zu erledigen hatte.

Die Katastrophe zog sich über genau diese zwei Tage hin.

Bernice hatte einfach nicht die Erfahrung, wie man ordentlich Zeitungen bügelte. Entweder ließ sie das Bügeleisen zu lange auf dem Papier oder zu kurz.

Jedenfalls kam zweimal eine zerknitterte und vor allem stellenweise verkohlte Zeitung auf den Frühstückstisch. Sir

Percival hatte dadurch den täglichen Bericht über den Fortschritt der Ernte in Parsley Field versäumt. Genau an den wichtigsten Stellen hatten Brandlöcher im Papier geklafft.

„Die __offele_nte___in diesem Jahr__ut___fallen “, hatte Sir Percival gelesen.

Nachdem der Butler aus London zurückgekommen war, verlangte Sir Percival, die Zeitung ab sofort nicht mehr gebügelt. Was dies für seine täglichen Pflichten bedeutete? Er hatte sich damals tagelang krank gefühlt. Bernice hatte sich entschuldigt, aber das konnte ihn nicht trösten.

Das erste, was Beanstock auf der Butlerschule erlernt hatte, war das Bügeln der morgendlichen Zeitung. Es war zugleich eine notwendige und beruhigende Tätigkeit. Notwendig, um der Herrschaft das morgendliche Lesen der Zeitung zu erleichtern. Beruhigend, da Beanstock sich in diesem Moment der Ruhe für die Aufgaben des Tages wappnete.

Glücklicherweise war da noch seine Musik am Morgen. Ein leichtes Lächeln durchzog sein Gesicht. Und dann gab es noch seine zweite Leidenschaft. Mr Beanstock liebte Kriminalromane. Eine ansehnliche Sammlung befand sich in seinem Zimmer und wenn es ihm seine Zeit erlaubte, begab er sich in das Geschäft der Witwe Bloom, um eine neue Buchbestellung in Empfang zu nehmen. Dieser Tag endete dann meistens spät oder erst früh am Morgen des nächsten Tages. Er las, bis der Mörder oder der Räuber überführt waren, machte sich Notizen in seinem kleinen Buch und stellte des Öfteren fest, dass er bereits auf den ersten Seiten mehr wusste als der ermittelnde Detektiv. Er liebte diese Denkaufgaben.

Der Butler sah auf die Uhr an der Wand, nahm das Silbertablett und machte sich auf den Weg in den Salon. Neben der Tür zur Eingangshalle hing ein großer Spiegel, um einen letzten Blick auf die hoffentlich korrekt sitzende Kleidung und Frisur werfen zu können. Bevor der Butler die Tür öffnen konnte, flog sie auf und Phillis erschien mit einer silbrigen Kanne in ihrer Hand. Sie bekam einen Schreck und musste schnell mit der anderen Hand zugreifen, sonst wäre die Kanne auf dem Boden gelandet. Beanstock schüttelte tadelnd den Kopf.

„Sie sollen nicht rennen, Phillis, sehen Sie wie schnell es ein furchtbares Malheur geben könnte? Sie können froh sein, für eine so überaus nachsichtige Herrschaft arbeiten zu dürfen." Phillis bekam rötliche Wangen, knickste und setzte ihren Weg fort.

Beanstock trat in die Halle und hörte bereits Lady Fedoras helle fröhliche Stimme im Salon. Er betrat gemessenen Schrittes das Zimmer, verbeugte sich leicht, reichte Sir Percival die Zeitung und legte die Post für Lady Fedora neben ihren Platz.

„Guten Morgen, My Lady, Sir Percival! " Beanstock verbeugte sich erneut.

„Morgen Beanstock!", erwiderte Sir Percival mit seiner lauten durchdringenden Stimme. Halb unter dem Tisch lugte das Hinterteil eines Beagles hervor. Der Hund fühlte sich in seinem Morgenschläfchen gestört, als er die laute Stimme seines Herrn hörte. Er hob den Kopf und ein leises Fiepen war zu hören. Dann legte sich Junior wieder schlafen.

„Musst du denn immer so brüllen, Darling, alle hören dich sehr gut. Der arme Junior. Guten Morgen Beanstock. Ist alles für Freitag bereit?"

Sir Percival lachte wie immer schallend laut, sodass schon mal die Ahnenbilder an den Wänden ins Schaukeln gerieten. Nichts, was seine geliebte Frau sagte, würde ihn jemals in irgendeiner Weise betroffen machen.

„Alles wird zu Ihrer Zufriedenheit erledigt sein, My Lady. Wir werden das blaue und das grüne Gästezimmer vorbereiten. Die Arrangements für das Dinner am Freitag sind abgeschlossen und der Empfang am Samstag für Miss Hillman wird termingerecht vorbereitet sein. Die Einladungen, für die zu ladenden Gäste aus Parsley Field, wurden dem Postboten übergeben. Gonzales hält sich morgen um zehn Uhr für Ihre Fahrt nach London bereit. Darf ich hinzufügen, dass heute um vierzehn Uhr die monatliche Kirchensitzung stattfindet und Sir Percival erwartet wird." Damit sah er zu seinem Arbeitgeber. Ein Stöhnen war die erwartete Antwort.

„Darling, du bist der Baronet von Parsley, du blickst auf eine lange Tradition zurück und es gehört zu deinen Pflichten. Als du in diesem furchtbaren Krieg sein musstest, habe ich diese Pflichten übernommen und du kannst mir glauben, es war auch für mich nicht leicht. Aber nicht, weil ich es nicht gern getan hätte, sondern, weil die Herrschaften dort im Kirchenrat keine Frau dabei haben wollten."

Sir Percival sah Beanstock mit einem Mitleid heischenden Gesicht an. Diese Geschichte hatte er von seiner Frau schon mehr als einmal gehört. Es hatte Lady Fedora natürlich geärgert, nicht respektiert zu werden, aber das lag nun schon Jahre zurück und sie konnte es immer noch nicht vergessen.

„My Lady haben sich beeindruckend geschlagen in diesen schlimmen Zeiten und einen bleibenden Eindruck im Kirchenrat der Gemeinde hinterlassen“, versuchte Beanstock zu vermitteln.

Lady Fedora hatte wieder ihr bezauberndes Lächeln im Gesicht und widmete sich nun ihren Briefen. Sir Percival sah seinen Butler dankbar an. Sie wussten beide, es würde nicht das letzte Mal sein. Lady Fedora hatte damals dem Kirchenrat mit Konsequenzen gedroht, wenn man sie weiterhin nicht ernstnehmen würde. Was genau vorgefallen war, behielt Lady Fedora für sich. Dass man ihr nicht zugehört hatte, wenn sie etwas angeregte und so tat, als wäre sie schmückendes Beiwerk im Rat, soviel hatte sie durchblicken lassen. Daraufhin hatte sie angedroht, nicht mehr mit ihren Büchern und preisgekrönten Blumen am jährlichen *Parsley Field Blumencup* teilnehmen zu wollen. Die Ratsmitglieder wussten genau, dass nur durch Lady Fedora in jedem Jahr zu diesem Festtag so viele Leute aus anderen Teilen Großbritanniens anreisten. Und diese Leute brachten Geld für die kleine Gemeinde mit. Sei es für die kleinen Geschäfte, das Golfhotel und den Landmannladen der Witwe Bloom oder für O`Donoghues Pub, der kleine Ort profitierte in dieser Festwoche ungemein.

In genau diesem Moment, als Sir Percival und Lady Fedora sich nun in Zeitung und Post vertieften und Beanstock erschauerte, da Phillis mit einer neuen Kanne frisch gebrühten Tees hereinkam, knapp über Junior stolperte, sich zum Glück fing und damit heute bereits den dritten Tadel erwarten durfte, hatte der Postbote Mr Partridge die kleine Steinbrücke über den *River Shirty* überquert und begann seine tägliche Postrunde.

3. Eine Flasche Burgunder, eine Topfpflanze, eine Pastete und ein Füllfederhalter

Der Vormittag war bereits weit fortgeschritten.

Sir Percival brütete in der Bibliothek über einer kniffligen Legende, in der behauptet wurde, das Kloster in Parsley Field wäre von einem Ungeheuer niedergebrannt worden, das mit Feuer und Schwefel aus dem Meer gestiegen war. Das Ungeheuer wurde in einer alten Chronik aus dem 15. Jahrhundert als riesiger behaarter furchterregender Mann beschrieben, der einen Stierkopf gehabt haben solle, zwei dicke spitze Hörner links und rechts des Kopfes und Hände und Füße aus Metall. Sir Percival war sich ziemlich sicher, dass es sich um die Wikinger handeln musste, die so bildreich beschrieben worden waren. Also hatten nun die Normannen oder die Wikinger das Kloster zerstört? Das war die Frage, die er unbedingt klären wollte. Wenn doch nur nicht dieses vermaledeite Kirchenratstreffen dazwischenkäme. Es klopfte.

„Ja, immer herein“, brüllte Sir Percival in seiner gewohnten Art. Junior ließ wieder sein leises Jaulen hören. Der Butler trat mit einer Tasse Tee ein.

„Ihr Tee, Sir, ich würde dann gern den Weinkeller inspizieren und gegebenenfalls die Vorräte ergänzen, wenn es Ihnen jetzt recht wäre.“

Sir Percival war bereits wieder in seinen Text vertieft und hörte nur mit einem Ohr zu. „Beanstock, das machen Sie sehr gut allein. Ich weiß, ich kann mich auf Sie verlassen. Machen Sie nur.“ Er wedelte mit der Hand, nahm ohne hinzusehen seine Tasse Tee und las konzentriert weiter.

Beanstock verneigte sich leicht und ging hinaus. Unter der breiten Treppe führte an der Seite eine Tür in den Weinkeller. Außerdem lagerten hier die eingemachten Schätze von Mrs Porkpie. Lange Reihen Gläser mit saftigem Obst, süßen Marmeladen, säuerlichen Pickles und scharfen Chutneys standen hier vereint und harrten ihres Einsatzes.

Im hinteren Teil des hohen Gewölbekellers standen die Weinregale. Ordentlich sortiert nach Rot und Weiß stapelten sich einfache Landweine, französische Weine aus der Gasconne, die My Lady bevorzugte. In einem extra Schrank einige Raritäten, auf die der Hausherr sehr stolz war, wie der rote Chateau Lafitte-Rothschild aus dem Jahre 1929. Daneben einige Flaschen Champagner, verschiedene Weine, Whiskey und Cherry. Ein Blick auf das Thermometer und Beanstock war zufrieden. Es war nicht nötig, Getränke nachzubestellen.

Er drehte den Schalter neben der Tür, das Licht erlosch und er stand wieder in der Halle. Woher kam plötzlich dieser Lärm? Etwas stimmte nicht. Sein Weg führte ihn in den Küchenbereich. Aufgeregte Stimmen waren von dort zu hören. Er konnte Mrs Porkpie lautstark schimpfen hören und ein deutliches Schluchzen und Weinen von einer anderen Person. Schneller als gewohnt lief er auf den Lärm zu, um ihn schnellstens abzustellen.

Im Kühlraum stand die Köchin mit hoch erhobenem Kochlöffel und fuchtelte vor Phillis Gesicht herum, die die Ursache des lautstarken Schniefens war. Mrs Argyle war nicht anwesend, sie befand sich vermutlich im oberen Bereich des Hauses und kontrollierte die vorbereiteten Gästezimmer. Der Butler versuchte der Köchin den Löffel zu entwinden, was ihm nicht sofort gelang.

„Was ist hier los, meine Damen. Sofort werden Sie mir Rechenschaft ablegen. Ihr Lärm ist bis in die Halle zu hören. Das ist nicht akzeptabel."

Die Köchin beruhigte sich etwas.

„Eine meiner besten Pastetenkreationen ist verschwunden. Ich habe sie extra für Miss Priscilla gemacht, weil ich weiß, dass sie als Kind ganz wild darauf war. Das hat mich eine Menge Zeit gekostet und wer sollte es sonst gewesen sein als dieses kleine naschhafte Ding hier."

Phillis begann erneut zu heulen und zu schniefen. Der Butler entnahm seiner Jacke ein weißes Stofftaschentuch und reichte es dem Küchenmädchen. Der folgende Trompetenton, als Phillis hinein schnaubte, sagte Beanstock, das dieses Tuch für immer verloren war. Sie wollte es ihm zurückgeben, aber er lehnte schief lächelnd ab. „Behalten sie es, Mädchen. Was haben Sie zu diesen Anschuldigungen zu sagen?"

„Dass ich es nicht gewesen bin! Immer soll ich schuld sein." Wieder kullerten Tränen aus ihren Augen.

In diesem Moment erschien der Gärtner Mr Herringbone in der Außentür. Er hatte einen leeren Keramiktopf in der Hand. „Irgendjemand hat meine Moonlight Shadow - Rose geklaut", erklärte er atemlos. Zwischen seinen Beinen drängelte sich sein grauer Kater Mortecai hindurch. Wahrscheinlich wollte er die allgemeine Unaufmerksamkeit für einen Abstecher in den Vorratsraum nutzen. Natürlich kam er an Beanstock nicht vorbei, der nur mit einem Finger der Hand auf ihn wies. Herringbone nahm das Tier auf den Arm.

„War ich das dann etwa auch!“, brüllte nun Phillis schluchzend und erntete verständnislose Blicke vom Gärtner.

Nun wurde die Sache interessant.

Aus der Halle klingelte jemand nach dem Butler. Er machte eine Geste gegenüber der kleinen Gesellschaft in der Küche, dass man warten solle, bis er zurück sei. Dann richtete er kurz seine Kleidung vor dem Spiegel und betrat die Halle. Lady Fedora stand mitten in der Halle mit ihren Malutensilien und war völlig aufgelöst. „Beanstock, stellen Sie sich vor, mein bester goldener Füllfederhalter ist auf und davon. Wie kann ich ohne meinen Glücksfederhalter schreiben? Es ist einfach nicht möglich.“ Sie war völlig außer sich und sah sich suchend um.

Hinter der Tür zum Personaltrakt erschienen die neugierigen Gesichter der Küchengruppe. „Meine wunderbare Pastete, die Rosenzüchtung und jetzt auch noch der Federhalter von My Lady. Was verschwindet noch?“, kam es leise von der Köchin. Beanstock warf ihr einen tadelnden Blick zu.

Lady Fedora war entsetzt. „Klären Sie das mein bester Beanstock, sonst muss ich leider für immer aufhören zu schreiben.“

Der Butler drehte sich um und scheuchte mit seinen wedelnden Händen die kleine Gruppe zurück in die Küche. „Zeigen Sie mir, wo die Pastete stand, Mrs Porkpie.“

Die Köchin öffnete die Tür zum Kühlraum. Sie wies mit ihrem Finger auf eines der Regale. Beanstock sah sich genau im Raum um. Dann begutachtete er auch noch den Fußboden, auf dem sich Schmutzspuren befanden, die sicher nicht normal waren. Die Köchin verschränkte die Arme und sah kopfschüttelnd zu.

„Wo ist die Flasche Burgunder“, fragte nun Beanstock, „ die ich gestern aus dem Weinkeller geholt und hier im Regal für das heutige Dinner bereitgestellt habe?“

Phillis begann erneut zu kreischen und in das Taschentuch zu schluchzen. „Jetzt bin ich also auch noch eine Trinkerin!“

Beanstock schob die kleine Gruppe aus dem Kühlraum. „Wann haben Sie die Pastete hier deponiert?“, fragte er die Köchin.

„Heute Morgen gegen zehn Uhr, gleich nachdem ich sie fertig gestellt hatte. Oh sie war mir so gelungen“, schwärmte die Köchin, „mit saftigem Lammfleisch und einer zart schmelzenden Haube aus Blätterteig.“

Der Butler sah sich in der Küche um. Auf dem Tresen in der Mitte standen zwischen Töpfen und Schüsseln auch zwei Kisten. Eine gefüllt mit verschiedenen Gemüsesorten, die andere Kiste war leer. „Was sind das dort für Kisten?“, fragte er.

Diesmal antwortete Phillis, immer noch schluchzend: „Die hat der Sohn von Bauer Pitsch heute Morgen gebracht. In der leeren Kiste waren die Hühner für das Dinner am Freitag. Ich habe sie in den Vorratsraum gebracht.“

„Wo waren Sie zu dieser Zeit, Mrs Porkpie?“, kam die Frage vom Butler. Er war in seinem Element. Endlich konnte er einen Fall klären, wie in einem seiner Kriminalromane.

„Ich war bei Mrs Argyle, da ich festgestellt hatte, dass wir unbedingt noch Mehl bräuchten. Sie wollte mich belehren, ich hätte das vor einer Woche schon sagen müssen und es müsse noch genug da sein. Schließlich überzeugte ich sie, dass sie doch selbst prüfen solle, ob das Mehl reicht. Aber das wollte sie auch nicht. Es war nicht sehr angenehm. Jedenfalls notierte sie es sich schließlich und ging dann hinauf zu Bernice, wahrscheinlich hat sie die dann fertig gemacht."

Der Butler sah Mrs Porkpie strafend an. „Und Phillis? Sie waren die ganze Zeit hier."

Phillis sah zu Boden und wurde rot. „Ich bin kurz rüber zur Garage gegangen."

Die Köchin betrachtete das Mädchen überrascht. „Was hast du da zu suchen gehabt, junge Dame?", fragte sie.

„Ich habe Gonzales nur eine Tasse Tee gebracht. Er hatte viel zu tun und bat mich heute Morgen darum. Was ist so schlimm daran?"

Beanstock räusperte sich. Er wusste genau, wie die Damen in diesem Haus von dem feurigen Gonzales fasziniert waren und jede Gelegenheit wahrnahmen, mit ihm zu flirten.

„Wann war das, Phillis?", fragte nun der Butler.

„Na, weiß ich nicht. Sammy Pitsch war grad weg."

„Was hatte Sammy Pitsch heute für Schuhe an?" Alle Anwesenden sahen den Butler verständnislos an. Niemand verstand diese Frage und sie überlegten angestrengt. Inzwischen hatte sich Mortecai aus dem Arm des Gärtners gewunden und schlich langsam und leise an der Gruppe vorbei in Richtung Vorratsraum. Beanstock erwischte ihn natürlich und schob ihn aus der hinteren Tür.

„Also ich glaube, Sammy hatte Gummistiefel an", meldete sich Phillis.

„Das hatte ich mir gedacht", ließ der Butler hören, „und nun alle wieder an die Arbeit."

„Aber wo sind denn nun die Sachen? Sagen Sie doch, Mr Beanstock?“, fragte Mr Herringbone. „Sie glauben doch nicht, dass der kleine Sammy was damit zu tun hat?“

Beanstock wedelte mit seiner Hand und alle begaben sich wieder an ihre Arbeit. Er machte sich auf den Weg zu Sir Percival. Nachdem er angeklopft hatte und eingetreten war, trat er zu seinem Arbeitgeber und erklärte ihm die ganze unsägliche Geschichte. Sir Percival war ziemlich sicher, dass es nicht Sammy Pitsch gewesen sein könne. Alle mochten den Jungen sehr, der mit seinen siebzehn Jahren von jedem als sehr tüchtig und verantwortungsbewusst beschrieben wurde.

„Ach Beanstock, das kann nicht sein. Vielleicht gibt es ganz einfache Erklärungen. Mrs Porkpie hat die Pastete an einem anderen Ort abgestellt, die Flasche Wein steht noch im Keller, die Rose ist eingegangen und, nun ja, über den Füllfederhalter meiner Frau brauchen wir nicht reden. Sie verliert ihn so oft, man kann es nicht mehr zählen und immer kam heraus, dass sie es selbst verschuldet hatte.“

„Ja, Sir, in Bezug auf den Federhalter stimme ich Ihnen unumwunden zu und werde mich sofort auf die Suche begeben. Aber die Spuren im Kühlraum sind eindeutig von Gummistiefeln und auch die zeitliche Abfolge stimmt. Ich vermute Sammy hat mitbekommen, dass Phillis mit einer Tasse Tee in die Garage ging und ist ins Haus zurückgekehrt. Diese verschwundenen Dinge erinnern Sie nicht an etwas, Sir?“

Der Hausherr sah Beanstock fragend und ratlos an.

„Das sind genau die Zutaten, die man für das Picknick mit einer jungen Dame brauchen würde, Sir, meinen Sie nicht? Und wenn man dann vor seinen Eltern dieses Rendezvous verheimlichen will, muss man sich an einem anderen Ort danach umsehen."

Sir Percival machte ein trauriges Gesicht. Dann polterte er los: „Nein, der Sammy ist ein guter Junge und ich will nicht, dass ihm wegen einer jugendlichen Dummheit etwas passiert. Beanstock, Sie sagen niemandem etwas und wenn mich Gonzales nach dem Lunch zum Kirchentreffen fährt, kommen Sie mit und fahren zum Bauernhof. Lassen Sie sich eine Ausrede einfallen und versuchen Sie mit Sammy allein zu sprechen. Sicher wird er seine Dummheit einsehen. Außerdem, niemand sollte wegen einer Pastete, auch wenn sie noch so lecker ist, bestraft werden. Und die Rosen wachsen nach."

Der Butler lächelte leicht und meinte: „Ich hatte gehofft, dass Sie so entscheiden. Ich werde jetzt nach dem Federhalter suchen. Ich habe schon eine Idee, wo ich ihn finden könnte. Lady Fedora begab sich heute nach dem Frühstück sofort in den Kräutergarten. Sie wollte dort nach den Blüten des Dills sehen."

„Beanstock, an Ihnen ist ein Detektiv verloren gegangen. Bin stolz auf Sie."

Der Butler verließ das Haus durch den Vordereingang. Am großen Gingkobaum vorbei führte ihn der Weg hinter das Haus und in den umzäunten Kräutergarten.

Es duftete nach Kamille, Salbei, Petersilie und Dill, die hier in üppigen Büschen wuchsen. Neben dem Dill standen kleine Töpfe mit Basilikum und Thymian, die auf einen Platz im Garten warteten und vom Gärtner noch eingepflanzt werden mussten. Beanstock sah sich die Töpfe genauer an. Plötzlich traf ein vorwitziger Sonnenstrahl auf eine glänzende Oberfläche und warf ein Glitzern zurück in Beanstocks Augen. Der Federhalter steckte in einem der

Thymiantöpfe, so als hätte Lady Fedora versucht Federhalter zu züchten. Beanstock säuberte ihn.

Dieses kleine goldene Schreibgerät hatte in seinem Tintenleben schon eine ganze Menge mitmachen müssen. Schon einige Male hatte die gesamte Dienerschaft auf den Fußböden des Hauses gelegen und unter Schränken und Kommoden nach ihm gesucht. Ja, einmal hatte man ihn sogar in den hochgesteckten Haaren von My Lady gefunden. Da sie die Kappe in der Hand gehalten hatte, verlor sich etwas blaue Tinte in ihren Haaren und sie war tagelang mit blauen Strähnchen herumgelaufen.

Als er nun den kleinen Ausreißer wieder in die Hand seiner überglücklichen Besitzerin legte, war für diesen einen Tag die Karriere von Lady Fedora wieder einmal gerettet.

Pünktlich um vierzehn Uhr fuhr Gonzales den frisch polierten grauen Bentley vor den Haupteingang. Beanstock öffnete die hintere Tür und Sir Percival stieg mit Hut, Stock und einem unzufriedenen Gesichtsausdruck ein. Der Butler schloss die Autotür leise und setzte sich auf den Vordersitz neben Gonzales, der ihn fragend ansah.

„Nachdem wir Sir Percival abgesetzt haben, bringen Sie mich zu dem Bauernhof der Pitsches, Mr Gonzales. Sie werden genug Zeit haben, um danach den Baronet wieder abholen zu können“, erklärte Beanstock. Gonzales nickte und startete den Motor.

Bald hatten sie die alte Kirche erreicht, eine seltsame Mischung aus verschiedenen Stilen. Der Turm war in solider romanischer Einfachheit gehalten, die Spitze obenauf aber ein streng gotischer Spitzhelm. Das Längsschiff hatte Fenster mit Tudorbögen und bunter Verglasung. Die Seitenschiffe dagegen wiederum breite romanische Fenster ohne besonderen Schmuck. Das

Eingangsportal vorn konnte man fast als den Versuch bezeichnen, den italienischen Barock nach England zu tragen. Im Inneren gaben sich noch mehr Baustile ein Stelldichein. Ja, es sah in einer Ecke der Krypta fast so aus, als hätte ein heidnischer Wunschbaum dort einen Platz in einem der steinernen Reliefs bekommen. Pfarrer Wilson, ein kleiner rotwangiger Mann, dessen störrische weiße Haare seinen Kopf wie einen Heiligenschein umrahmten, meinte dazu einmal, es habe wohl jemand versucht, alle Anschauungen dieser Welt in diese kleine Kirche zu stopfen. Man konnte den guten Pfarrer des Öfteren in einer der Kirchenbänke sitzen sehen, um wieder einmal eine neue Entdeckung in der Kirche in seinem dicken Architekturbuch nachzuschlagen. Aber der kleine rundliche Pfarrer liebte seine Patchworkkirche und bekam leuchtende Augen, wenn er darüber sprach.

Nachdem Sir Percival im Pfarrhaus neben der Kirche verschwunden war, fuhr Gonzales weiter und hielt nach einigen Minuten auf dem Hof des Bauern Pitsch.

Die Familie Pitsch lebte dort mit ihren drei Kindern, Sammy, Bronté, Tara und einer bunten Menge an Tieren. Hühner, Schafe, Kühe und mindestens fünf Katzen und zwei Hunde machten eine Menge Arbeit. Glücklicherweise war Bauer Pitsch gesund aus dem Krieg zurückgekommen und hatte mit seinem Sohn Sammy den Hof wieder bewirtschaften können.

Die zwei Töchter Tara und Bronté spielten mit bunt schimmernden Kreiseln, die klappernd über das Pflaster schlingerten. Die kleine fünfjährige Tara hüpfte vor Freude auf und ab, als sie das Auto kommen sah. Als sie dann aber Beanstock erkannte, verdüsterte sich ihre Miene. Sie hatte wahrscheinlich gehofft, Sir Percival würde sie besuchen. Die beiden Mädchen kamen manchmal zu ihm und ließen sich von den Legenden und Sagen der Gegend erzählen. Da die Baronets keine eigenen Kinder hatten, machte es ihnen besonders viel Spaß und Lady Fedora verwöhnte die beiden dann jedes Mal mit süßen Kuchen und Kakao.

Der Butler beugte sich lächelnd zu dem Mädchen und wuschelte ihre rötlichen Locken durcheinander. „Wo ist denn euer Bruder Sammy, Kinder?“

Die zehnjährige Bronté machte ein seltsames Gesicht, wie dem Butler auffiel.

„Was wollen Sie denn von ihm, Sir?“, fragte sie leise und schob dabei die kleine Tara zur Seite. Beanstock fühlte mit seinem feinen Instinkt sofort, dass Bronté etwas wissen würde.

„Es ist alles in Ordnung, meine Kleine, ich will nur noch einmal mit ihm über die morgige Bestellung reden. Na, wo ist er denn nun?“

„Er ist mit dem Fahrrad zum Kloster...“. Weiter kam Tara nicht, da sie einen Knuff von ihrer großen Schwester erhielt. Böse blickend, rieb sie sich die schmerzende Stelle.

„Wir wissen nicht genau, wohin er wollte. Vielleicht bringt er noch einige Dinge zum Hotel *Rosebud*, versuchte Bronté zu vermitteln.

Der Butler lächelte, verabschiedete sich und stieg in den Wagen. Im Rückspiegel konnte er die beiden Mädchen streiten sehen und ein wissendes Lächeln erschien auf seinem Gesicht.

„Wir müssen zur alten Klosterruine, Gonzales, es ist noch genug Zeit.“

Der Chauffeur fuhr also durch Parsley Field, hielt sich rechts am *River Shirty* und stoppte schließlich in einiger Entfernung zu der malerischen Ruine.

„Warten Sie bitte hier, ich werde mich beeilen", erklärte Beanstock.

Er durchschritt das steinerne Portal des Klosters. Das war, neben ein paar zerbröckelnden Mauern und dem Steinaltar, das einzige, was von dem romanischen Klosterbau übrig geblieben war. Bäume und blühende Sträucher hatten sich angesiedelt und ein romantisches Ambiente kreiert, das sehr gern von der Dorfjugend genutzt wurde. An der Seite des Altars lehnte ein Fahrrad. Es war ruhig, nur eine Amsel verkündete lautstark ihre Lebensfreude. Libellen surrten durch das Gras, das an einigen Stellen niedergetreten war. Beanstock umrundete den steinernen Altar und fand schließlich Sammy Pitsch dort zusammengekauert vor.

Der schlaksige Junge, mit den lockigen blonden Haaren und den Sommersprossen im Gesicht, rührte sich nicht. Neben ihm lag eine Decke und darauf befanden sich die vermissten Dinge aus Parsley Manor.

„Lassen Sie mich in Ruhe. Ich werde die Sachen bezahlen oder vielleicht holen Sie doch gleich den Constable", nuschelte der Junge zwischen seinen Zähnen hindurch.

Beanstock konnte sehen, dass Sammy Tränen über das Gesicht liefen. Er setzte sich langsam und vorsichtig neben Sammy.

„Hier holt niemand die Polizei, mein Junge. Sir Percival möchte einfach nur wissen, warum du so etwas getan hast. Wem wolltest du imponieren?"

Sammy hob das Gesicht und zum zweiten Mal an diesem Tag opferte Beanstock sein weißes Taschentuch, um Tränen zu trocknen.

„Ich wollte jemanden zu einem Picknick einladen. Aber sie ist nicht gekommen. Stattdessen hat sie mich ausgelacht, als ich bei ihr war, um sie abzuholen."

„Kannst du mir, unter dem Siegel strengster Verschwiegenheit natürlich, sagen um wen es sich handelt?"

Sammy schniefte erneut. „Miss Summerset. Ich liebe sie."

Nur ein siebzehnjähriger Junge konnte das mit so viel Überzeugung in der Stimme sagen. Der Junge sah den Butler erwartungsvoll an. Wahrscheinlich hatte Sammy nun Angst schon wieder ausgelacht zu werden. Aber da schätzte er Beanstock vollkommen falsch ein. Ernst legte der Butler ihm den Arm um die Schultern, sah ihm aufmunternd ins Gesicht und meinte dann: „Mein lieber junger Freund, da hast du dir für deine erste große Liebe aber gleich die Königsklasse ausgesucht, nicht wahr? Ich weiß, es wird noch eine ganze Weile schmerzen, aber ich kann dir auch versprechen, dass du darüber hinwegkommen wirst. Spätestens, wenn du ein nettes Mädchen in deinem Alter triffst, wird diese Sache ganz schnell vergessen sein. Sie wäre doch auch viel zu alt für dich, meinst du nicht auch? Trotzdem, Respekt, mein Junge. Ich glaube, ich hätte mir das in deinem Alter nicht zugetraut, eine so feine Dame einzuladen?"

Sammys Tränen waren inzwischen versiegt und er konnte schon wieder leicht lächeln. „Was machen wir nun, Mr Beanstock?"

„Das ist eine ganz einfache Sache. Ich nehme den Wein, die Rosen und die Pastete und du nimmst die Decke und dein Fahrrad und radelst nach Hause. Deine Schwestern warten sicher schon auf ihren großen Bruder. Na, was meinst du dazu? Und dann vergessen wir die ganze Sache."

Sammy nickte dankbar und die beiden erhoben sich. Er nahm sein Rad und fuhr davon. Kurz hielt er noch an, drehte sich um und sagte: „Danke, Mr Beanstock, das ist verdammt nett von Ihnen." Dann verschwand er hinter den Bäumen.

Als der Butler mit seinen zurückeroberten Schätzen zum Auto kam, bekam Gonzales den Mund nicht mehr zu vor Staunen. Er hatte Sammy nicht gesehen und konnte sich nun keinen Reim daraus machen, woher diese Dinge kamen. Beanstock würde es ihm nicht erzählen.

Nachdem sie ihren Arbeitgeber von der ungeliebten Sitzung abgeholt hatten, fuhren sie zurück und Sir Percival bekam in der Bibliothek einen kurzen Bericht von Beanstock. Sir Percival war sehr zufrieden mit der Arbeit seines Butlers und lächelte milde über die seltsamen Avancen des jungen Sammy Pitsch.

„Ja, Sie wissen es vielleicht nicht, Beanstock", polterte er los, „aber in meiner Jugend war ich ein wahrer Don Juan. So manche ländliche Schönheit verguckte sich in meine hübschen Augen." Schwärmerisch gingen seine Augen zur Decke, auf der sich kleine niedliche gemalte Putten tummelten und auf den rundlichen rotwangigen Baronet herab schielten.

„Das steht außer Frage Sir", antwortete Beanstock ergeben.
Mit neuem Elan pfiff sein Arbeitgeber nach Junior, öffnete die Tür zur hinteren Terrasse und machte sich fröhlich pfeifend zu seinem täglichen Nachmittagsspaziergang auf. Junior war wie immer begeistert und tollte in wilden Sprüngen um sein Herrchen herum.

Mortecai, der graue Kater, wollte soeben seine Erkundungstour beginnen, sah Junior und überlegte es sich anders. Die beiden

Tiere waren nicht die besten Freunde. Ausgerissene Fellstücke und blutige Schrammen beiderseits zeugten davon.

Mrs Porkpie stellte glücklich lächelnd ihre Pastetenkreation zurück in den Kühlraum. Mr Herringbone nahm die preisgekrönte Rose in Empfang und die Flasche mit dem ausgezeichneten Burgunder wurde bis zum abendlichen Dinner im Regal verstaut.

Alles hatte wieder seine Ordnung und Beanstock war überglücklich einen Fall gelöst zu haben. Noch dazu war die Sache ohne Opfer und Täter abgegangen. Was wollte man mehr. Niemand fragte mehr nach dem Wie oder Warum der verschwundenen Dinge. Alle Dienstboten wussten um die Diskretion des Butlers und darum wurde auch nicht mehr nachgefragt.

Nur Sir Percival berichtete am Abend, eingekuschelt in seine weiche Bettdecke, seiner Frau von dem Vorkommnis. Lady Fedora saß, wie an jedem Abend, neben ihm in dem überdimensionalen Bett mit den gedrechselten Säulen und den altrosa Damastvorhängen. Auf ihrer Nase tanzte eine kleine runde Brille. Das Buch in ihrer Hand war eine dieser romantischen Liebesgeschichten, die jetzt so en vogue waren.

„Ach, ich glaube unser guter Beanstock ist tief in seinem Butlerherzen ein Romantiker. Der arme Sammy. Wir wollen ihn nie mehr daran erinnern. Das habt ihr beiden gut gemacht. Ach diese Jugend." Sie seufzte und widmete sich wieder ihrem Roman.

„Meine liebe Fedora, zu dieser Jugend gehörst du immer noch, wenn ich das sagen darf", schmeichelte Sir Percival seiner Frau.

Sie lächelte. „Du warst auch schon immer ein Romantiker, Perci!"

Parsley Manor ging langsam zur Ruhe. In der Küche legte Phillis die letzten sauberen Messer zurück in die Schublade. Sie gähnte.

Mrs Porkpie stellte ihren berühmten Biskuitkuchen in die Speisekammer. Morgen würde daraus mithilfe von Himbeergelee und Buttercreme ein wahres Kunstwerk entstehen. Sie schickte Phillis zu Bett. Die nächsten Tage würden viel Arbeit bringen. Das Dinner am Freitag und der Empfang am Samstag mussten vorbereitet werden. Sie löschte in der Küche das Licht und ging nach oben in ihr Zimmer.

Zu dieser Zeit schnarchte der Knecht Harrison bereits eine Stunde tief und fest. Bernice und die Zofe Filomena stiegen schwatzend die Treppe nach oben und kicherten ab und zu. Mr Beanstock sah in seinem Zimmer von seinem Krimi auf und schüttelte den Kopf über so viel Übermut.

Gonzales hatte seinen freien Abend und war wahrscheinlich in Donoghue´s Pub. Er hatte sich mit dem Wirt angefreundet. Gonzales hatte Spanien schon lange vor dem Krieg verlassen müssen. Er redete nicht gern über diese Zeit.

Der Gärtner begutachtete ein letztes Mal seine Moonlight Shadow - Rose, um sicherzugehen, dass ihr wirklich nichts geschehen war. Mortecai beobachtete ihn aus halb geschlossenen Augen und schien sich zu fragen, wann dieser sich endlich um seinen Kater kümmern würde, anstatt um dieses komisch riechende Grünzeug.

Im Büro der Hausdame brannte das Licht noch bis zum Morgen. Das Schreiben, das sie heute mit der Post bekommen hatte, beunruhigte sie zutiefst. Sie hatte aus ihrer verschlossenen Kassette einen Stapel vergilbter Briefe entnommen, die mit einer verblassten grünen Schleife zusammengebunden waren. Nun ging sie einen nach dem anderen durch. Aber ihre Miene wurde eher noch düsterer dadurch.

Das Haus Parsley Manor schlief inzwischen nichts Böses ahnend.

4. Parsley Field

Mr Partridge begann jeden Arbeitstag seines geliebten Posthandwerks mit den Baronets von Parsley. Nachdem er den *River Shirty* überquert hatte war er von seinem Rad gestiegen und hatte kurz den Inhalt seiner Tasche durchgesehen.
Er hatte zwei Briefe entnommen und betrat nun den altehrwürdigen Pub des Ortes Parsley Field. Hier begann der Postbote des kleinen Ortes meistens seine Runde. Es war eine schöne Gelegenheit, ein frühes Ale zu trinken oder, wenn er spät dran war, ein spätes Porter zu genießen.

Es war noch früh am Morgen und Sean O´Donoghue, der Wirt, saß an einem seiner blank polierten Tische, las die Zeitung und trank seinen Morgentee. Er war ein großer muskulöser Mann in den Vierzigern. Seine dunkelbraunen lockigen Haare fielen bis auf seine Schulter und mit seinen strahlend blauen Augen ähnelte er eher einem verwegenen Freibeuter. Seine Eltern waren vor vielen Jahren aus Irland nach Parsley Field gekommen und hatten im selben Jahr den Pub in dem alten halb verfallenen Parsley Inn eröffnet. Seans Vater hatte sich damals schnell einen guten Namen gemacht, durch seine ausgezeichneten Bier- und Whiskeysorten, aber vor allem durch seine unzähligen haarsträubenden Geschichten aus seinen Irlandtagen. Der Pub wurde zu einem gern besuchten Mittelpunkt der Grafschaft.
Nun führte Sean den Pub unter dem neuen Namen *Jack O`Lantern*. Es roch nach Tabak, altem Holz und gutem Whiskey.

„Ein Brief vom hohen *Haus* für dich Sean, haben sich wohl eine Einladung abgerungen. Am Freitag wird Besuch erwartet, denke ich. Meine Kleine hat´s mir erzählt. Wusste aber gestern nicht genau wer erwartet wird.“ Neugierig betrachtete der Postbote den feinen Büttenbrief. Sean nahm ihn, legte ihn einfach beiseite und vertiefte sich brummend wieder in seine Zeitung. Mr Partridge sah ihn noch eine Weile erwartungsvoll an.
Der Wirt hatte heute scheinbar nicht die Absicht, ihm ein frühes Ale zu spendieren. Er seufzte tief und hörbar. O`Donoghue störte das nicht im Geringsten. Mr Partridge zuckte die Schultern. Dann ging er. Sean sah ihm lächelnd und den Kopf schüttelnd nach.

Sein nächster Halt war gleich nebenan, der in der Gegend sehr beliebte Landmannladen der Witwe Bloom. Es war ein sehr hübscher Laden. Hinter zwei großen weißen Sprossenfenstern links und rechts des Eingangs fiel der Blick auf allerlei bunte Waren. Davor standen Kübel voller weißer und blauer Hortensien. Eine kleine weiße Holzbank lud zum Entspannen ein.

Nachdem man über zwei Stufen das Geschäft betreten hatte, sah man zuerst hinter einem dunklen Holztresen mit aufwendigen Schnitzereien an den Seiten die Witwe Bloom. Eine immer freundlich lächelnde weißhaarige Dame. Ihr Mann, Oberst Bloom, war im Krieg gefallen und so führte sie nun diesen Laden allein. Hier fand man alles, was das Landleben besser machen konnte; von Kosmetik für die Dame über Gummistiefel für den Herrn bis hin zu feinem chinesischen Porzellan. Und was sie nicht vorweisen konnte, wurde im nahen London bestellt. Sie stand in dem Ruf, alles besorgen zu können. Meistens sah man sie bereits früh am Morgen über ihren Büchern, eine kleine runde Goldbrille auf der Nase, mit dem Finger die Zahlenreihen hinabfahren.

Sie sah den Postboten und ging ihm zur Tür entgegen.

„Heute was da Mr Partridge? Ich erwarte dieses Paket wirklich schon sehr lange, wie Sie wissen."

„Tut mir leid Mrs Bloom, nichts gekommen. Aber hier ist ein Brief vom *Haus*." Er überreichte ihr den dicken Büttenbrief mit der feinen Schrift darauf und trat hinter ihr neugierig in den Laden. Aber auch die Witwe Bloom tat ihm diesen Gefallen nicht. Sie drehte den Brief hin und her und legte ihn schließlich in eine der Schubladen.

„Ist noch etwas, Mr Partridge? Brauchen Sie Tabak oder so etwas?", fragte sie den Postboten, als sie ihn in der Tür wartend stehen sah. Dann lächelte sie wissend und hielt ihm das runde dicke Glas mit den Himbeerbonbons hin, die er so liebte. Mr Partridge seufzte, griff in das Glas und steckte sich das süße Ding genüsslich schmatzend in den Mund.

„Nein, danke, alles gut", erwiderte er enttäuscht.

Draußen neben seinem Fahrrad sah er sich die Adresse des nächsten Briefes an und seine Miene hellte sich auf. Er begann zu grinsen und beeilte sich über den großen Platz, vorbei an der alten dicken Eiche in der Mitte, zur Apotheke hinüberzugehen.

Die Apotheke war hier in der Gegend die einzige Möglichkeit, Medikamente zu bekommen. Aus vielen anderen Ortschaften der Umgebung mussten die Leute hierher kommen. Parsley Field hatte Glück gehabt, als sich der alte Apotheker James Hoppelton damals hier angesiedelt hatte. Nun führte bereits dessen Sohn George die Apotheke und da der zwei Kinder hatte, einen Sohn und eine Tochter, war zu erwarten, dass die Tradition weitergeführt werden würde.

Das Gebäude hatte einen leuchtend grünen Anstrich und genau wie der Laden der Witwe Bloom zwei große Sprossenfenster links und rechts vom Eingang. Aber vor den Fenstern standen keine Hortensien in Kübeln, hier standen rot leuchtende Geranien. Es gab auch eine kleine Bank, in diesem Fall grün angestrichen. Es war im Ort bekannt, dass Witwe Bloom und die Frau des Apothekers sich nicht ausstehen konnten. Die beiden gerieten in jedem Jahr aufs Neue in den aberwitzigen Wettstreit, den schönsten Laden haben zu wollen.

Als der Postbote die Tür öffnete und das bekannte Klingeln über ihm erklang, standen bereits die beiden Damen der Familie vor ihm und sahen ihn erwartungsvoll an. Pamela, die Tochter der Hoppletons, ein hübsches Ding mit langen blonden Haaren, riss ihm den Büttenumschlag regelrecht aus der Hand.

„Ist es das, was ich denke, dass es ist? Sagen Sie schon Partridge, ist es das, was es sein sollte und ist es das, was ich haben wollte?"

„Wie, äh, ja, nein, ja, äh wie war die Frage?", stotterte der Postbote überfordert.

„So lass doch den Mann ausreden, Pam, du bist ja außer Kontrolle. Contenance mein Kind, Contenance!" Mrs Hoppleton nahm ihr den Umschlag aus der Hand und öffnete ihn betont langsam.

Endlich, dachte der Postbote, *ich wusste hier klappt es.*

Mrs Hoppleton zog das Blatt mit dem kleinen Wappen in der oberen Mitte hervor und faltete es auseinander.

„Mutter, wenn du es mir nicht sofort sagst, falle ich in Ohnmacht", versprach Pamela. Hinter dem Tresen der in dunklem Holz vertäfelten Apotheke stützte der Apotheker genervt seinen Kopf auf die Hände. Mrs Hoppleton ließ das Blatt sinken und schrie ihre Tochter an: „Wir sind zum Empfang eingeladen! Oh, Mein Gott, was sollen wir nur anziehen?" Beide hielten sich an den

Händen und starrten sich kreischend und ungläubig an. Das gab dem Postboten genügend Zeit, das Blatt aufzuheben und einen kurzen Blick darauf zu werfen.

In der überaus feinen Schrift von Lady Fedora stand dort:

Hiermit laden wir Sie und Ihre Familie herzlich ein.
Anlässlich des Besuchs unseres Patenkindes Miss Priscilla Hillman
geben wir auf Parsley Manor einen kleinen Empfang.
Wir erwarten Sie um zwölf Uhr.
Lady Fedora Parsley und Sir Percival Parsley

Die beiden Damen waren inzwischen durch eine der Türen verschwunden. Aber ihr aufgeregtes Geplapper konnte man noch lange hören. Währenddessen überzog das Gesicht des Postboten eine leichte Blässe. Er starrte wie gebannt auf das Blatt in seiner Hand.

„Hätten Sie diesen vermaledeiten Brief nicht in den *River Shirty* schmeißen können? Ich kann es sowieso nicht verstehen. Warum lädt Lady Fedora eigentlich alles und jeden zu sich ein. Warum kann sie nicht, wie die anderen ihres Standes, eine gehörige Portion Dünkel haben und nur Ihresgleichen zu sich einladen. Dann bliebe mir das ganze Desaster mit diesen verrückten Frauen erspart. Dann dürfte ich mich nur einmal in der Woche mit dem Doktor und dem Pfarrer im Pub treffen und alles hätte seine vorbestimmte Ordnung“, lamentierte der Apotheker.

Der Postbote zuckte nur die Achseln, legte den Brief auf den Tresen und machte sich auf den Weg zu seinem nächsten Kunden. Er trat fest in die Pedale und fuhr zu dem großen Reetdachhaus am Ende des Ortes. Hier hatte Doktor Winterbottom seine Praxis und weil es einfacher war, praktizierte auch seine Schwester Rachel Winterbottom als Tierärztin dort. Solange sie ihre Praxen nicht verwechselten, waren alle Patienten zufrieden. Aber es kam schon einmal vor, dass im gemeinsamen Wartezimmer Pfarrer Wilson mit seinen Bauchschmerzen, neben der Witwe Bloom mit ihrem Kater Peter saß, der ebenfalls Bauchgrimmen hatte, weil er wieder einmal die Tüte mit den Himbeerbonbons gefunden und geplündert hatte.

Beide Ärzte erhielten ihre Einladung. Dr. Rachel Winterbottom, eine hübsche sehr schlanke Frau mit einer dunkelblonden Kurzhaarfrisur, bekam beim Lesen des Briefes einen Hustenanfall. Sie reichte ihn an ihren Bruder weiter und begab sich schnellen Schrittes in ihr Behandlungszimmer. Dr. Timothy Winterbottom, noch immer der begehrteste Junggeselle im Ort, las und hob angewidert eine Augenbraue. Dann nickte er verstehend in die Richtung seiner Schwester.

Der Postbote wendete sein Fahrrad und fuhr zurück. Eine Einladung war noch zu überbringen. Mr Partridge hatte sie bis zuletzt aufgehoben.

Der Weg des Postboten ging vorbei an dem Bahnhof, der Patchworkkirche, der Apotheke, dem Landmannladen und dem Pub, entlang am *River Shirty*, durch das kleine Wäldchen und vorbei an der alten Ruine des Klosters, dass die Normannen vor so unendlich langer Zeit zerstört hatten, bis hin zu einem Hotel. Hier arbeitete seine Frau an der Rezeption.

Es war ein schönes Gebäude im Art Déco Stil, schneeweiß mit stuckverzierten hohen Decken und bunten bleiverglasten Türen im Inneren. Das Hotel mit dem seltsamen Namen *Rosebud* gehörte in den 20er Jahren einem bekannten Maler, der hier auch

Ausstellungen veranstaltet hatte und man munkelte in Parsley Field, er hätte auch ausgefallene Partys gegeben. Sogar ein Mitglied der königlichen Familie solle hier ein und ausgegangen sein. Der ausschweifende Lebensstil brachte den Maler letztendlich in ein frühes Grab und seine Witwe musste schließlich das Haus verkaufen. Ein wohlhabender Inder aus der ehemaligen Kronkolonie kaufte das Haus, pachtete Land von dem Baronet Parsley dazu, baute einen riesigen Golfplatz und machte ein Hotel mit vierzig Zimmern daraus.

Mr Partridge stellte sein Rad am Seiteneingang ab und betrat das Hotel durch die Küche. Hier herrschte bereits emsiges Treiben und Befehle des Kochs flogen hin und her. Der Postbote nickte ihm zu und ging durch die Schwingtür in den angrenzenden Flur. Er hielt sich rechts und ging einen langen Gang entlang. An einer hohen weißen Tür klopfte er und nachdem ein kurzes „Herein“ erklang, trat er ein. In dem kleinen Vorzimmer saß die Sekretärin Miss Summerset an ihrer Schreibmaschine und hämmerte auf die Tasten. Sie war eine schöne Frau mit langen blonden Haaren, die sie hochgesteckt trug und einem sinnlich rot geschminkten Mund. Sie trug ein enges burgunderrotes Kostüm und hohe, farblich passende Schuhe. Der Postbote bekam, wie immer in ihrer Gegenwart, rote Ohren. Er räusperte sich und hielt ihr die Post hin. Lächelnd erhob sich Miss Summerset, nahm die Briefe und sah ihn kokett an.

„Ist das heute alles Mr Partridge?“, hauchte sie ihm mit halb geschlossenen Augen ins Gesicht. Ihre schwarz geschminkten langen Wimpern gingen auf und ab. Die Ohren des Postboten wurden noch etwas dunkelroter. „Alles“, konnte er nur heiser hervorbringen, dann drehte er sich schnell um und ging.

Miss Summerset klopfte an die Tür zum Büro ihres Arbeitgebers und trat ein.

An den dunkelroten Wänden des geräumigen Büros hingen Fotografien in Goldrahmen, die üppige indische Landschaften und Paläste darstellten. Vor dem großen Fenster stand ein riesiger Schreibtisch mit dunklen Schnitzereien und Goldbeschlägen. Dahinter sah man einen Sessel, so groß, dass er einem König gefallen hätte. Am Fenster mit den roten blumig bedruckten Vorhängen stand ein hoch gewachsener Mann und blickte in den Garten. Seine halblangen schwarzen Haare waren mit weißen Strähnen durchsetzt. Er trug, entgegen der indischen Tradition seiner wohlhabenden Familie, einen einreihigen maßgeschneiderten Anzug in dunklem Grau, eine golddurchwirkte graue Krawatte, sowie dunkelgraue Schnürschuhe, handgemacht von einem der besten Schuhmacher Englands. Als Miss Summerset eintrat, drehte er sich um und sah sie fragend an.

„Ich wollte nicht gestört werden", sagte er mit einer weichen leisen Stimme.

„Tut mir sehr leid, Mr Divari, aber die Post duldet keinen Aufschub. Es ist ein Brief vom *Haus*." Überall nannte man Parsley Manor nur das *Haus*. Jeder wusste, was gemeint war. Der Inder zog eine Augenbraue empor und nahm den Brief entgegen. Miss Summerset nickte kurz mit dem Kopf und ging zurück in ihr Büro.

Davinder Divari öffnete mit einem spitzen goldenen Brieföffner den Umschlag, entnahm das schwere Büttenblatt und faltete es langsam auseinander, so als hätte er Angst etwas Furchtbares lesen zu müssen. Nachdem er es mehrmals gelesen hatte, drückte er einen Knopf auf seinem Schreibtisch. Miss Summerset erschien mit Block und Bleistift in der Hand. Er gab ihr die Einladung.

„Bitte übermitteln Sie meinen Dank für die Einladung, aber ich werde nicht teilnehmen können. Mit freundlichen usw...., Sie wissen schon. Noch heute nach Parsley Manor schicken." Die Sekretärin sah ihn nach einem kurzen Blick auf das Blatt mitfühlend an.

„Aber Mr Divari, das ist eine sehr wichtige Einladung. Das Hotel muss gute Beziehungen zu den Baronets pflegen. Sie wissen doch, wie oft bereits Empfehlungen für das *Rosebud* ausgesprochen wurden von Sir Percival und seiner Frau. Außerdem wollten Sie doch mehr am gesellschaftlichen Leben der Grafschaft teilnehmen. Das wäre eine gute Gelegenheit. Sicher werden alle wichtigen Leute aus Parsley Field anwesend sein. Und dann diese Hollywooddiva; was für eine Gelegenheit Beziehungen über den Teich zu knüpfen." Der Inder seufzte.

„Sie haben wie immer recht. Ich sollte versuchen, etwas offener zu sein. Nun gut, signalisieren Sie mein Kommen. Sie werden mich begleiten."

Miss Summerset zeigte ein gezwungenes Lächeln und ging wieder an ihre Arbeit. Als sie zurück an ihrem Schreibtisch saß, blickte sie mit zusammengekniffenen Lippen auf die Einladung. Ihr Blick ging durch das Fenster in eine ferne Zeit, die nur sie sehen konnte. Dann atmete sie tief ein und hämmerte weiter auf die Schreibmaschine ein.

Der Postbote war inzwischen durch den Flur zur Rezeption gegangen. Seine Frau stand hinter dem Tresen und sortierte die Anmeldungen der letzten Tage. Als sie aufsah und ihren Mann kommen sah, bildete sich eine dicke Zornesfalte zwischen ihren Augenbrauen.

„Darling, deine Ohren sind wieder rot. Du musst nichts sagen. Ich weiß wo du warst.“ Wütend widmete sie sich wieder den Anmeldungen. Mr Partridge schlug einen knappen Haken am Tresen vorbei und verschwand schnellen Schrittes durch den Haupteingang. Eigentlich hatte er auf eine gute Tasse Tee und ein Rosinenbrötchen gehofft. Nun musste er sich mit einer Tasse Tee im Pub begnügen. Da gab es um diese Zeit aber keine saftigen Scones. Unter den gegebenen Umständen könnte er auch einen frühen Whiskey vertragen. Er holte tief und traurig Luft, setzte sich auf sein Rad und fuhr langsam zurück nach Parsley Field. In seinem Kopf überschlugen sich die Gedanken.

Sollte er seiner Frau nicht berichten, wer im *Haus* erwartet wurde?

5. Eine Diva erscheint

Der kleine Bahnhof von Parsley Field hatte an diesem Tag eine seltsame Ansammlung von Menschen zu bieten. Kleine Gruppen, vor allem junger Mädchen und Jungen, verteilten sich entlang des Bahnsteiges und machten den Bahnhofsvorsteher Mr Templar furchtbar nervös.

Mr Templar, der auf seiner Bank vor dem alten Bahnhof saß und an seinem süßen Tee schlürfte, sah sich einer Menschenmenge gegenüber, die er nicht gewohnt war. Es wunderte ihn vor allem, dass auch viele junge Leute aus dem Nachbarort hier herumstanden. Dabei hatte der Nachbarort doch auch einen kleinen Bahnsteig. Nicht so schön wie der in Parsley Field natürlich, überlegte Mr Templar und erlaubte sich ein zufriedenes Lächeln. Er sah immer wieder zu der großen alten Uhr, die in einem schmiedeeisernen filigranen Gerüst auf den Bahnsteig hinaus zeigte.

Der Freitagabend brachte sonst niemals viele Fahrgäste auf den kleinen Bahnsteig. Noch weniger war es eine Uhrzeit, zu der besonders viele Bewohner verreisen wollten. Er konnte sich nicht wirklich einen Reim daraus machen.

Zehn Minuten bevor der abendliche Zug aus London eintraf, fuhr nun auch noch der Chauffeur aus Parsley Manor vor. Nun war Mr Templar restlos davon überzeugt, etwas vergessen zu haben. Er stellte seine halb volle Tasse Tee in das Bahnhofsfenster und ging zum Bahnsteig. Seine Nervosität stieg.

Gonzales stieg aus dem glänzenden Bentley. Er hatte seine beste Uniform angezogen, die mit den goldglänzenden Knöpfen.

Auf dem Kopf diesen besonderen Hut, den ihm Sir Percival in London gekauft hatte. Er setzte ihn nur zu ganz besonderen Anlässen auf und war sehr darauf bedacht, achtsam mit diesem guten Stück umzugehen. Er nickte dem aufgeregten Bahnhofsvorsteher leicht zu und sah mit Verwunderung die vielen Menschen. Pünktlich, zwanzig Minuten nach achtzehn Uhr, fuhr der achtzehn Uhr Zug ein.

Mr Templar versuchte die neugierig heranströmenden Leute vom Bahnsteigrand zu vertreiben. Der Zug hielt mit einem quietschenden Geräusch. Im selben Moment hingen die Köpfe des Zugführers und seines Heizers aus dem Fenster der Lok und sahen gespannt nach hinten. Mr Templar ging zu ihnen und fragte nach dem Grund dieser Aufregung. „Ist etwa Winston Churchill im Zug?"

Der Heizer, ein junger dünner Mann mit wenigen Haaren unter seiner schmutzigen Kappe, zündete sich grinsend eine Zigarette an.

„Na, das müssten Sie doch wissen. Hoher Besuch aus Hollywood. Sehen Sie sich diese Schönheit mal genau an, Templar. Das is`ne Frau nach meinem Geschmack."

„Und die würde dich nicht einmal ansehen, Charly, und nun ab und einheizen. Es geht sofort weiter", schimpfte der Lokführer. In diesem Moment waren die lautstarken Gespräche ringsum verstummt und ein Raunen ging durch die Leute.

Der eine oder andere stand mit offenem Mund da. Die Tür eines Abteils hatte sich geöffnet. Gonzales sprang schnell zu der Zugtreppe und hielt die Hand ausgestreckt, um zu helfen. Zuerst sah man nur einen kleinen feinen Fuß in einem wunderschönen smaragdgrünen Schuh mit halsbrecherisch hohem Absatz. Dann erschien eine überirdisch wirkende Dame in der Tür des Zuges. Um ihre Wirkung auf die Leute noch zu verstärken, blieb sie einen Moment auf der Treppe stehen und sah unter halb geschlossenen Lidern reihum.

Sie trug ein smaragdgrünes Kostüm, das mehr preisgab als verdeckte. Nun legte sie ihre schneeweiße Pelzstola mit einem eleganten Schwung um ihre Schultern und trat noch einen Schritt weiter auf die Stufen hinab. Inzwischen hatte sie die Hand des Chauffeurs ergriffen, dem wohl zum ersten Mal im Leben die Worte fehlten.

„*Diablito*“, flüsterte er leise.

Ihre hellblauen Augen waren unter den langen schwarzen Wimpern kaum sichtbar und ihr dunkelrot geschminkter Mund lächelte herablassend.

Inga Hillman war sich ihrer Wirkung vollkommen bewusst und kostete sie aus. Sie schüttelte mit einer filmreifen Geste ihre zu einem kurzen tiefschwarzen Bob geschnittenen Haare und trat auf den Bahnsteig. Ihre langen funkelnden Diamantohrringe klimperten leise. Ein Hauch von Vanille lag in der Luft. Durch die Menge lief ein Raunen. Die alte Mrs Pommerton zupfte den Bahnhofsvorsteher am Ärmel.

„Wann fährt denn der Zug endlich weiter, Mr Templar. Ich muss doch zu meiner Tochter. Sie ist sehr krank, müssen Sie wissen. Was soll denn dieser Auflauf hier“, brüllte sie in ihrem unverkennbar hohen Tonfall, der einem Ohrenschmerzen bereiten konnte. Da sie schwerhörig war, fiel ihr das natürlich nicht auf. Mr Templar half ihr schnell beim Einsteigen und schloss hinter ihr die Tür, während die alte Dame immer noch lamentierte. Sie öffnete mit viel Mühe eines der Fenster und brüllte Mr Templar an: „Mein

Korb steht ja noch draußen, die gute Hühnerbrühe für meine Tochter!“ Der Bahnhofsvorsteher griff schnell den Korb und reichte ihn durch das Fenster des Abteils.

Gonzales begleitete Miss Hillman zum Wagen und verstaute die Koffer. Nicht weniger als vier Koffer, eine Tasche und zwei Hutschachteln mussten untergebracht werden. Glücklicherweise hatte Mr Van Horten am Nachmittag telefonisch verkündet, dass er sich verspäten würde und voraussichtlich mit seinem eigenen Fahrzeug anreisen wolle. Gonzales schnaufte.

Mr Templar hob die Kelle und war mehr als froh, dass der Zug endlich den Bahnhof verließ und damit auch die unwillkommenen Grüppchen. Er griff in seine Hosentasche, zog ein großes Taschentuch hervor und wischte sich die Schweißperlen von der Stirn.

Inzwischen drängelten sich einige der Jugendlichen bereits um den Bentley und versuchten noch einen Blick von dem Hollywoodstar zu erwischen. Inga hob den linken Arm und begann, wie Queen Elizabeth zu winken, obwohl der Wagen noch gar nicht fuhr. Dazu lächelte sie mild und nachsichtig.
Endlich setzte sich der Wagen in Bewegung und rollte vorsichtig durch die Menschenmenge auf die Straße in Richtung des *River Shirty*.

Inga Hillman entnahm ihrer silbern glänzenden Tasche eine kleine Dose und puderte sich die Nase. Gonzales beobachtete sie unauffällig, wie er dachte, im Rückspiegel. Als sie fertig war, zwinkerte sie ihm zu, vergrub sich in ihrer Pelzstola und schloss die Augen.

Für den Chauffeur hätte die Fahrt ruhig etwas länger dauern können, aber Parsley Manor war nun einmal nicht sehr weit vom

Ort entfernt. So bog er bereits nach wenigen Minuten auf die lange Auffahrt zum Haus ein und hielt neben dem Gingkobaum. Die Haustür flog sofort auf und Lady Fedora lief aufgeregt aus dem Haus, riss die Wagentür auf und umarmte ihr Patenkind überschwänglich.

„Meine liebe Priscilla, wie lange wir uns nicht gesehen haben. Viel zu lange, meine Liebe", rief My Lady. Die so Angeredete stieg aus dem Wagen, richtete ihre Pelzstola, sah an der Fassade des ehrwürdigen Hauses empor und hauchte geziert: „Ja, lange, sehr lange, liebe Fedora, Inga bitte. Wie ich sehe, immer noch alles beim Alten hier oder?"

Lady Fedora stutzte leicht, ließ sich aber nichts anmerken, sondern schob ihren Arm unter den ihres lang vermissten Patenkindes und zog sie ins Haus. Inzwischen waren auch die Dienstboten erschienen und hatten sich zum Empfang in frisch gestärkten Schürzen und Hemden bereitgestellt. Lady Fedora stellte die Dienerschaft kurz vor und teilte Inga mit, dass ihre Zofe Filomena in der Zeit ihres Besuches in Parsley Manor allein für sie da war. Miss Hillman schien gelangweilt.

„Liebe Fedora, ich bin etwas erschöpft. Ich würde gern mein Zimmer sehen und etwas ruhen." Sie nahm eine Zigarette aus einem goldenen Etui, steckte sie in eine lange goldene Zigarettenspitze und sah sich Hilfe suchend um. Mr Beanstock nahm aus seiner Tasche ein Feuerzeug und hielt die Flamme zu der Zigarette. Er neigte den Kopf und trat zurück in die Reihe der Dienstboten.

Lady Fedora räusperte sich kurz.

„Aber natürlich, meine Liebe. Filomena bringt dich in das grüne Zimmer. Wir hoffen, es wird dir gefallen. Wir sehen uns dann zum

Dinner um zwanzig Uhr. Wir hoffen unser zweiter Gast wird dann ebenfalls angekommen sein."

Filomena und der Knecht Harrison nahmen die Koffer und Taschen und gingen die Treppe hinauf zu den Gästezimmern. Der Rest der Dienerschaft ging so schnell es möglich war zurück an ihre Arbeit. Man hatte einiges zu erzählen. Als Einziger blieb der Butler an seinem Platz und sah dezent zu Boden. Lady Fedora blieb zurück mit dem Gefühl, eine Fremde getroffen zu haben.

„Verteilen Sie unauffällig Aschenbecher, Beanstock, ich wusste nicht, dass sie raucht. Das ist so neu, wie der Name Inga", stieß Lady Fedora leise hervor. Sir Percival kam in diesem Moment polternd mit Junior von einem ausgedehnten Spaziergang und erkannte, dass seine Frau verstört war.

„Alles in Ordnung, Darling? Ich weiß, entschuldige, ich bin etwas spät dran ", fragte er vorsichtig. „Wo ist denn unser lieber Gast? Ist sie nicht gekommen?" Er sah sich suchend um und blickte dann forschend zu dem Butler.

„Miss Hillman ist pünktlich erschienen und ruht sich etwas aus bis zum Dinner, Sir. Wenn Sie erlauben, kümmere ich mich weiter um die Vorbereitungen." Sir Percival nickte zustimmend.

„Lassen Sie uns doch bitte eine gute Tasse Tee in den Salon bringen, Beanstock", sagte der Hausherr und ließ dabei seine Frau nicht aus den Augen.

„Ihr Einverständnis voraussetzend bringe ich auch die Whiskeykaraffe in den Salon, Sir", antwortete der Butler verständnisvoll.

„Was würden wir nur ohne Sie tun", fragte nun Lady Fedora und der Butler sah eine kleine Träne in einem ihrer Augen glänzen. „Wo sind denn nur die blonden Löckchen hin und die niedlichen

Sommersprossen und die süßen rosafarbenen Söckchen?“, murmelte sie auf ihrem Weg in den Salon. Sir Percival lächelte milde und signalisierte Beanstock zwinkernd, sich mit dem Whiskey zu beeilen.

„Alles ist gut, Darling, beruhige dich nur“, raunte Sir Percival seiner Frau zu und schob sie vorsichtig in den Salon.

„Sie war doch so ein süßes Kind und so lustig. Ihre Eltern waren so stolz auf sie. Ach warum mussten sie auch so früh von uns gehen.“ Lady Fedora war sehr verunsichert.

Endlich um ein paar Minuten vor zwanzig Uhr hörte man Reifen auf dem Kiesweg vor dem Haus knirschen. Es läutete und Beanstock begab sich, wie es immer seine Art gewesen war, ohne jede Hast, gemessenen Schrittes zur Eingangstür. Vor dem Haus parkte ein schwarzer Bugatti Atalante. Gonzales kam mit schnellen Schritten aus der Garage, in der er zu so später Stunde noch an seinem eigenen Wagen bastelte, einem alten Ford, den er bei seinem Freund O`Donoghue in der Garage entdeckt hatte. Der Wirt des örtlichen Pubs hatte ihn ihm mit den Worten „Der ist hin.“ überlassen. Dieser Meinung wollte sich Gonzales bis jetzt nicht anschließen und versuchte in jeder freien Minute, das alte Auto wieder zum Fahren zu bringen. Er umkreiste das Auto des neu angekommenen Gastes, wie ein Panther vor dem Sprung. Beanstock runzelte die Stirn, als er es sah.

Ein Herr stand vor dem Wagen und sah belustigt zu dem völlig abwesend erscheinenden Chauffeur. Der Herr war groß und sehr schlank. Unter dem braunen Filzhut blitzten silbergraue Haare hervor. Sein eleganter, maßgeschneiderter, dunkelbrauner Anzug saß wie angegossen. Alles an dem Herrn war aufeinander abgestimmt. Nur seine kalten unsentimentalen Augen passten nicht in das Bild. So etwas fiel dem Butler immer sofort auf. Er konnte Menschen meist sehr schnell einschätzen und lag selten daneben. Hier kam ein kühl kalkulierender Egoist zu Besuch, ohne sich jemals die Blöße einer Emotion erlauben zu wollen.

Mr Van Horten, Lady Fedoras Verleger aus London, war fünfundfünfzig Jahre alt und nicht verheiratet. Er war nicht ohne Grund einer der Reichsten seines Berufsstandes.

„Das ist ein Bugatti Type 57S Atalante", hauchte Gonzales, „davon wurden nur ganz wenige produziert."

Mr Van Horten öffnete den Kofferraum und entnahm ihm einen kleinen Koffer aus Krokodilleder, eine schwarze Aktentasche und einen Kleidersack. Mr Beanstock nahm ihm das Gepäck ab. „Darf ich Sie auf Parsley Manor willkommen heißen, Sir." Aus dem Salon erschienen die Gastgeber. Lady Fedora hatte sich umgezogen und trug nun ein einfaches langes dunkelgrünes Kleid mit einer wunderschönen Smaragdbrosche am Kragen. Aus ihren Haaren lugte eine Papillote. Beanstock wusste, dass dieses Utensil in diesem Moment nicht dort hingehörte. *Filomena Arbuckle! Ich werde mir My Ladys Zofe doch wieder einmal vornehmen müssen*, dachte er bei sich und angelte das Holzteil unauffällig aus den Haaren Lady Fedoras. Die Zofe der Hausherrin war dafür bekannt, nicht immer ganz bei der Sache zu sein. Beanstock hatte sie bereits mehrmals auf diese Ungenauigkeiten hingewiesen. Miss Arbuckle hatte es zwar eingesehen, aber wohl nicht verinnerlicht.

Sir Percival trug seinen dunkelblauen Abendanzug und begrüßte nun auf seine polternde Art den neuen Gast. Junior sprang, wie aufgezogen, um die kleine Gruppe herum und musste ermahnt werden. Harrison, sehr ordentlich in einen Anzug gekleidet, nahm den Koffer und den Kleidersack aus der Hand des Butlers und brachte ihn hinauf in das blaue Gästezimmer. Den Aktenkoffer wollte der Verleger nicht aus der Hand geben. Beanstock nahm den Hut des Gastes und die kleine Gesellschaft begab sich bis zum Beginn des Dinners in den Salon zu einem Aperitif. Mit geübten Bewegungen mixte der Butler die gewünschten Drinks.

Mr Van Horten verlor keine Zeit. „Meine liebe Lady Fedora, vielen Dank für Ihre Einladung, wir müssen uns unbedingt über Ihr demnächst erscheinendes Buch *Die Kräuter in meinem Garten* unterhalten. Es gibt da einige Unstimmigkeiten zu beseitigen."
Lady Fedora sah ihn fragend an. „Was denn für Unstimmigkeiten? Davon haben Sie mir nichts berichtet."

„Aber doch nicht heute, an diesem wunderschönen Abend", tönte Sir Percival und erhob sein Glas mit einer Mischung aus Gin und Tonicwater. Mr Van Horten lächelte mild. Der Hausherr war in seinem Element.

„Habt ihr gewusst, dass bereits die alten Römer eine Art Aperitif kannten? Die Bürger Roms kannten die appetitanregende Wirkung von in Wein gelösten Kräutern sehr genau und der geschätzte Nebeneffekt war die lindernde Wirkung gegen eventuelle Magenbeschwerden. So konnte sich der Römer auf ein üppiges Mahl und eine römische Orgie freuen, ohne Nachwirkungen zu erwarten." Er lachte schallend über den vermeintlichen Witz.

„Oh, haben wir denn eine römische Orgie zu erwarten? Dann bin ich nicht richtig gekleidet, fürchte ich." Miss Hillman inszenierte sich erneut. Sie stand mit theatralischer Geste und einem sinnlichen Lächeln auf den roten Lippen in der Tür zum Salon. Sie trug ein langes fließendes weißes Seidenkleid mit hunderten goldenen Pailletten bestickt. Ihre Füße steckten in golddurchwirkten Pumps

und an ihren Armen zogen sich weiß glänzende lange Handschuhe bis zum Ellenbogen hinauf.
Sir Percival blieb das letzte Wort im Hals stecken. Er musste husten und nahm schnell einen Schluck von seinem Drink, als er den Blick seiner Frau sah. Lady Fedora sprang für ihn ein und stellte die Gäste einander vor. „Darf ich vorstellen Mr Van Horten, Miss Inga Hillman, mein Patenkind."

Beanstock, der für Miss Hillman einen Martini mischte, fiel auf, dass der Verleger kurz stutzte. Sein Gesicht überzog ein Schatten von Erkennen und gleichzeitig perlte etwas Schweiß auf seiner Stirn. Beanstock erklärte das mit dem aufregenden Auftritt der Schauspielerin. Auf welchen Mann machte die Schauspielerin nicht einen bleibenden Eindruck.

Miss Hillman reichte Mr van Horten geziert die rechte Hand und er beugte sich kurz darüber.
Es wurde still im Raum. Man hätte einen Schmetterlingsflügel fallen hören können. Inga Hillman bedachte den Verleger mit eigenartig abschätzenden Blicken. „Kennen wir uns nicht, Mr Van Horten?", fragte sie ihn.

Sir Percival holte Luft und wollte ein neues Thema ansprechen, bekam aber einen Blick seiner Frau, die ihn bat es zu unterlassen. Glücklicherweise löste der Gong zum Dinner die peinliche Stille auf. Man begab sich in das Esszimmer.

Der Tisch war von Bernice und Phillis mit einer weißen Damastdecke, dem weißen Geschirr mit dem Wappen der Baronets und dem guten Silberbesteck eingedeckt worden. In der Mitte hatte der Gärtner ein wunderschönes Rosengesteck platziert. Auf Lady Fedoras Gesicht erschien wieder das bekannte selige Lächeln. Nachdem man Platz genommen hatte, wurde der erste

Gang, eine feine Brühe, serviert. Als Hauptgang gab es knusprig gebratene Hühner auf verschiedenem Gemüse angerichtet. Danach erschien die Köchin Mrs Porkpie und stellte strahlend ihre Pastetenkreation vor Miss Hillmans Teller. Lady Fedora nickte ihr schief lächelnd zu. Daraufhin sagte die Köchin stolz: „Die habe ich für Sie gemacht, als Kind haben Sie diese Pastete hier bei uns immer haben wollen. Erinnern Sie sich? Wie oft haben Sie bei mir in der Küche mit Ihren Puppen gesessen."

Miss Hillman sah seltsam verunsichert drein. Sie sah auf die Pastete und auf die Köchin und dann auf ihre Gastgeberin und meinte mit ihrer überirdisch hauchenden Stimme: „Nun, das kann ja sein, aber solche Dinge esse ich seit Jahren nicht mehr. Ungesund, fettig und viel zu üppig." Lady Fedora schloss für eine Millisekunde die Augen. Sie wusste, wie sehr sich Mrs Porkpie auf Priscilla oder Inga, oder wie auch immer, gefreut hatte. Es würde einige Zeit benötigen, die Köchin wieder zu beruhigen. Sie nickte der völlig ratlos wirkenden Köchin zu und Beanstock gab ihr zu verstehen, mitsamt der Pastete zu gehen.

Als sie mit ihrem Kunstwerk blass und traurig in der Küche erschien, sahen alle Anwesenden sofort, dass es nicht so abgelaufen war, wie erwartet. Die Köchin holte Gabeln, stellte die Pastete auf den Tisch und stach das Besteck wütend hinein. „Esst, und wehe einer sagt was darüber." Niemand traute sich etwas zu tun. Gonzales, der gerade hereinkam, sah die wundervolle Pastete mit der Gabeldekoration auf dem Tisch, griff sich eine Gabel und steckte einen riesigen fetttriefenden Happen in seinen Mund.

„Oh, Señora Porkpie, wie wunderbar, *dios mio*, ist das gut. Sie sind eine Künstlerin." Die Angesprochene wurde rot und lächelte. Alle im Raum griffen nun schnell zu, sogar Mrs Argyle, und sparten nicht mit überschwänglichem Lob. Derweilen ging der Abend im Esszimmer weiter, wie er begonnen hatte, mit peinlichem Schweigen und nervösen Bemerkungen Sir Percivals. Sein Aufatmen, als der letzte Gang, ein wunderbares Soufflé, serviert wurde, fiel seiner Gattin natürlich auf und er bekam einen bösen Blick zugeworfen.

Miss Hillman entschuldigte sich nach dem Essen sofort, klagte über Müdigkeit und stechende Kopfschmerzen und begab sich zur Ruhe. Auch diese Tatsache wurde von einem tiefen Atemzug Sir Percivals begleitet. Seine Gattin dagegen verfiel in betretenes Schweigen und war nicht bereit mit ihrem Verleger über Geschäfte zu diskutieren. Sie entschuldigte sich bei ihrem Gast und vertröstete ihn auf den nächsten Tag. Danach ging sie kurz in den Küchenbereich, bedankte sich bei ihrem Personal für die gute Arbeit, lobte ausgiebig Mrs Porkpie und zog sich danach in ihr Atelier zurück, in dem noch bis zum Morgen das Licht brannte.

Lady Fedoras Verleger saß mit dem Hausherrn in den bequemen Ledersesseln der Bibliothek und ließ sich einen guten roten Burgunder schmecken.

„Woher kennen Sie Miss Hillman, Sir Percival?“

„Die Familie Hillman lebte hier ganz in der Nähe, in einem der schönen alten Herrenhäuser. Wir waren mit ihnen befreundet, solange ich denken kann. Ich habe schon mit Patrik Hillman im Sandkasten gesessen.“ Sir Percival lachte schallend über seinen Witz.

„Als er heiratete, war ich Trauzeuge und er war es bei mir, als ich meine Fedora fand. Dann kamen die Kinder und wir wurden Taufpaten. Eine lange, traurige Geschichte.“

„Wieso traurig?“, fragte Van Horten und der gerade herein kommende Butler sah diesen kalten berechnenden Blick wieder, der ihm bereits aufgefallen war.

„Nun, eines Tages kam es zu einem furchtbaren Unfall. Meine Freunde starben und ließen die beiden Töchter allein zurück. Eine Tante in London nahm sie zu sich und wir verloren unsere Patenkinder aus den Augen. Es ist nach der langen Zeit das erste Mal, dass wir Priscilla wieder sehen.“

„Was ist mit ihrer Schwester?“

Ein bisschen sehr neugierig, empfand Beanstock, als er das Zimmer mit der leeren Flasche Burgunder verließ.

„Ach das war noch viel trauriger“, vertraute Sir Percival seinem Gegenüber an. „Priscilla war sechszehn und Emely achtzehn Jahre alt. Emely kam über den Tod der Eltern nicht hinweg und verfiel in eine tiefe Depression. Wir empfanden es damals etwas übertrieben, aber die Tante brachte das Mädchen in eine psychiatrische Klinik in London. Meine Frau macht sich noch heute bittere Vorwürfe deshalb. Sie hat versucht Kontakt zu der Tante aufzunehmen. Sie wollte helfen. Aber es kamen böse Briefe von dieser Tante, die verlangte, Fedora solle sich nicht einmischen. Ach, ich glaube diese Tante war eine furchtbar kaltherzige Frau. Als Emely plötzlich in dieser Klinik starb, waren wir vollkommen erschüttert. Damals war Priscilla erst achtzehn Jahre alt. Erfahren haben wir die ganze leidvolle Geschichte von dem ehemaligen Kindermädchen der beiden, die immer noch Kontakt zu dieser Tante hatte. Priscilla hat es bei dieser schrecklichen Frau nicht lange ausgehalten und brannte durch. Irgendwie hat sie es dann in Hollywood geschafft, ein Star zu werden.“ Sir Percival erhob nachdenklich sein Glas und war mit seinen Gedanken in der

Vergangenheit. Er schüttelte ratlos den Kopf. „Eine Geschichte für einen Roman oder Mr Van Horten?“
„Wie recht Sie haben, Sir Percival!“, antwortete er. Der Verleger hatte scheinbar genug gehört, stand auf und wünschte dem Gastgeber eine gute Nacht.

Nachdem Mr Van Horten auf seinem Zimmer war, sah Sir Percival nach seiner Frau. Sie saß in ihrem Malkittel an dem großen Zeichentisch und versuchte sich zum wiederholten Mal an einer Dillblüte. Es wollte ihr nicht gelingen. Ihr Gatte wusste, in diesen Momenten sollte man seine Frau lieber in Ruhe arbeiten lassen. So ging er zu Bett und bemerkte nicht, dass sie erst weit nach Mitternacht kam, leise in ihr Nachthemd schlüpfte und mit offenen, nachdenklichen Augen noch lange zur Decke starrte.

Schließlich schlief Lady Fedora doch ein und träumte wirre Dinge, die mit der Vergangenheit zu tun hatten und so wie jeder Traum, kaum einen Sinn ergaben. Die dienstbaren Geister des Hauses Parsley Manor waren nach dem Aufräumen ebenfalls zur Ruhe gegangen. Zuletzt waren nur noch die Hausdame und der Butler im unteren Bereich, um die Dinge für den kommenden Tag kurz zu besprechen. Sie hatten es sich zur Gewohnheit gemacht am Abend vor einer Festlichkeit noch einmal den Zeitplan für den nächsten Tag durchzugehen. So konnte nichts vergessen werden. Der Butler schloss sein Notizbuch und wollte befriedigt aufstehen. Mrs Argyle hielt ihn am Arm zurück und er setzte sich wieder. „Gibt es noch etwas zu besprechen, Mrs Argyle?“, fragte er überrascht.

Die Hausdame wirkte nervös. „Wie Sie sicher wissen, habe ich heute Post bekommen.“ Sie schluckte, stand dann auf und holte zwei Gläser aus dem Schrank. Die Hausdame ging kurz in ihr Büro und holte eine kleine Karaffe, die sie dort für *medizinische Zwecke* aufbewahrte. Sie goss ein, die beiden prosteten sich zu und genossen den kühlen sanften Cherry. Beanstock hatte ein unbehagliches Gefühl, trotz des leckeren Tropfens.

„Sie wissen, wie schlecht es mir damals ging, als ich hier 1945 auf Parsley Manor mit der Arbeit begann. Ihre Integrität und verständnisvolle Art haben mir unglaublich geholfen, wieder im Leben Fuß zu fassen. Nun, ich habe Ihnen nie berichtet, warum ich London so schnell verlassen musste und das möchte ich auch heute noch nicht. Aber dieser Brief hat mich sehr verunsichert. Ich weiß keinen Rat, wie ich damit umgehen soll."

Der Butler sah sie verständnisvoll an. „Ich werde Ihnen gern helfen, aber wenn ich die begleitenden Umstände nicht kenne, wird es sehr schwer sein, Ihnen einen Rat zu geben."

Die Hausdame holte tief Luft. „Was würden Sie tun, wenn Sie wüssten, dass sich jemand im Haus befindet, der nicht ehrlich ist. Wenn Sie zum Beispiel erfahren hätten, dass diese Person nicht das ist, was sie vorgibt zu sein? Würden Sie etwas unternehmen oder sollte man es dabei belassen?"

Beanstock dachte kurz nach. Eine dicke Denkerfalte erschien zwischen seinen Augenbrauen. „Nun, ist diese Person eine Gefahr für unsere Arbeitgeber oder das Personal? Das würde ich zuerst einmal abwägen wollen." Er sah Mrs Argyle fragend an.

Sie fühlte sich unbehaglich und wollte wohl nicht zu viel über ihre Quelle und die Information verraten. „Ich denke nicht, dass es Parsley Manor und seine Insassen direkt betrifft", versuchte sie es andeutungsweise.

„Dann kann ich Ihnen nur den einen Rat geben. Wenn Sie mir nicht ausführlicher sagen können, was Sie so bedrückt, kann ich wenig tun. Ich würde es auf sich beruhen lassen und die Person im

Auge behalten. Es geht uns kaum etwas an, wenn diese Person etwas verschweigt. Unsere Aufmerksamkeit sollte auf My Lady und Sir Percival gerichtet sein und ich kann Sie nur bitten, weiterhin vorsichtig zu sein. Wenn Sie merken, dass unsere Herrschaft Schaden erleiden könnte, dann sollten Sie sofort handeln." Die Hausdame nickte zustimmend mit dem Kopf und dankte Beanstock für seinen Rat. Sie tranken die Gläser aus, stellten sie in die Spüle und gingen zu ihren Zimmern.

Nachdem der Butler sich verabschiedet hatte und in seinem Zimmer war, versuchte er zu ergründen, wen Mrs Argyle meinen könnte und seine Wahl fiel auf den Verleger ihrer Ladyschaft, Mr Van Horten. Irgendetwas war eigenartig und Beanstock nahm sich vor, diesen Herrn im Auge zu behalten.

Mr Van Horten stand zu dieser Zeit am Fenster seines hübschen blauen Zimmers. Er hatte keinen Blick für die geblümte Tapete mit den niedlichen Vergissmeinnichtsträußchen. Seiner Aufmerksamkeit entgingen vollkommen, die nach Lavendel duftende Bettwäsche oder der kleine zarte Rosenstrauß neben der Wasserkaraffe. Er sah mit böse verkniffenen Lippen aus dem Fenster und dachte über seine Situation nach. Er konnte nicht sagen, ob jemand ihn nach dieser langen Zeit erkannt hatte. Das Beste würde sein, wenn er morgen nach dem Empfang, dringliche Arbeit vorschützen würde und nach London zurückfuhr. Wie hätte er wissen sollen, dass diese Miss Hillman hier zur gleichen Zeit sein würde. Was für ein fataler Zufall spielte ihm da einen so gemeinen Streich. Er hatte die Ähnlichkeit mit ihrer Schwester sofort gesehen, obwohl sie sich äußerlich sehr verändert hatte. Aber unter der Schminke und den gefärbten Haaren war sie immer noch das junge Mädchen aus seiner Vergangenheit.

Van Horten zog mit einer energischen Bewegung die zarten Fenstervorhänge zurück. Als er das reißende Geräusch endlich wahrnahm, war es zu spät. Die Gardine hatte einen langen Riss. Er entnahm seiner Aktentasche ein kleines schwarzes Lederetui, das Ampullen mit klarem und einige mit gelblichem Inhalt enthielten. Er zog eine Spritze der klaren Flüssigkeit auf und schob die Kanüle in seine Vene. Danach ging es ihm besser. Er legte sich angezogen auf das Bett und nach einigen Minuten schlief er.

Im grünen Gästezimmer gegenüber saß Inga am geöffneten Fenster und blickte in die Nacht. Schwarze Tränen liefen über ihr Gesicht. Die Wimperntusche verteilte sich auf ihrem silberweiß glänzenden Nachthemd. Tief sog sie den Rauch ihrer Zigarette ein. Sie sah kein Licht in der Ferne. Wolken verdeckten den Mond und schenkten ihr keinen Blick auf das weit entfernte Haus ihrer Kindheit.

Aber dort hinter dem Wald und den Maisfeldern war es noch. Verlassen vor vielen Jahren stand es dort im Dornröschenschlaf.
Es musste noch alles da sein, ihre Spielsachen, die bunten Bücher, die Frisierkommode ihrer Mutter, aus der sie sich immer heimlich bedient hatte. Sie dachte an die schönen Tage, wenn sie mit ihrem Vater auf die Jagd gehen durfte oder wenn ihre große Schwester Emely mit ihr Robin Hood gespielt hatte. Sie hatte diesen Helden aus dem Sherwood Forrest geliebt. Immer hatte es Streit gegeben, wer den Helden und wer den bösen Sheriff von Nottingham spielen sollte.

Das war lange vorbei. Und nun traf sie hier auf diesen Mann und alle bösen Erinnerungen kamen zurück wie ein böser Albtraum. Aber er hatte sich nun einen anderen Namen zugelegt? Vielleicht irrte sie sich und er war es nicht. Sie war auch nicht mehr die kleine unbedeutende Priscilla Hillman. Nun war sie der Filmstar Inga Hillman. Sie nahm ein Tuch und wischte die schwarzen Tränen aus ihrem Gesicht. Da waren sie. Die ersten verräterischen Spuren, dass ihre Jugend vorbei war. Falten um Augen und Mund. Bis jetzt konnten Make up und Rouge noch einiges kaschieren. Aber in diesem neuen Film? Sie hatte harte Verhandlungen geführt. Sie wäre für die Hauptrolle zu alt. Lachhaft. Das Vorsprechen und ihr Agent hatten das Studio dann überzeugt. Sie entnahm ihrem goldenen Etui eine neue Zigarette und atmete den Rauch ein.

Es war still und in diesem Moment verzogen sich die Wolken. Da war es. Weit weg, aber man konnte es grad noch erkennen. Ihr Herzschlag beschleunigte sich und sie kniff die Augen zusammen, um besser sehen zu können. Dunkle Mauern, ein verwilderter Garten, vernagelte Fenster und Türen. Das war alles, was von dem Haus ihrer Kindheit noch zu sehen war. Sie hätte es damals, als dieser Makler nachfragte, sofort verkaufen sollen.

„Warum tue ich mir das an und bin zurückgekommen? Ich hätte diese Einladung niemals annehmen sollen", flüsterte sie sich selbst leise zu. Sie hörte ein Geräusch, wie Schritte auf knirschendem Kies. Als sie sich vorbeugte und nach unten blickte, sah sie deutlich einen Schatten davon laufen. Schnell schloss sie das Fenster und glitt in den Halbschatten des Zimmers zurück.

6. Der Empfang

Bereits seit dem frühen Morgen herrschte geschäftiges Treiben im Haus. Der Gärtner arrangierte mit der Hausherrin die Blumen auf der Terrasse neu und sie unterhielten sich leise über das für und wider von Geranien.

Bernice hatte gemeinsam mit Harrison eine lange Tafel für das Büfett im Esszimmer aufgebaut und die Stühle zu den kleinen Tischen auf die Terrasse gestellt. Zusammen mit den weißen Korbmöbeln, den kleinen Rosengestecken auf den Tischen und den großen grünen Schirmen sah alles sehr hübsch aus.

Phillis deckte im Salon den Frühstückstisch für die Gäste, obwohl sie meinte, dass ja wohl um elf Uhr, also eine Stunde vor dem Empfang, niemand mehr frühstücken werde. Aber Lady Fedora hatte es so angeordnet und dann wurde es so gemacht.

Beanstock und Mrs Argyle überwachten das große Ganze professionell und griffen zu, wenn es nötig wurde. Es versprach ein wundervoller, sonniger Tag zu werden, wie geschaffen für den Empfang, den My Lady angeregt hatte. So ganz war sie sich zwar nicht mehr sicher, ob das eine gute Idee gewesen war, aber die Einladungen konnten nicht zurück genommen werden. Außerdem erwartete man den Earl of Southcoffelton mit seiner Gemahlin. Man konnte nichts mehr ändern. Filomena erschien und erinnerte My Lady daran, sich umzuziehen.

„Was ist mit Miss Hillman, Sie sollten ihr doch zur Verfügung stehen?“, fragte Lady Fedora etwas ungehalten über die Störung bei ihrer Lieblingsbeschäftigung, der Arbeit mit Blumen.

„Sie hat mich von dieser Tätigkeit befreit, mit dem Hinweis, dass sie sich lieber allein um ihre Garderobe und Haare kümmern würde, als es einer unbeholfenen Landzofe zu überlassen.“
Lady Fedoras Augenbraue flog nach oben und ihre Wangen nahmen einen ungesunden Rotton an. „Nun gut, dann gehen wir hinauf und kümmern uns um meine Garderobe, die sie immer sehr gut im Griff haben Filomena.“

Die beiden Damen rauschten davon.

Sir Percival war bereits korrekt gekleidet in einem, dem Anlass entsprechenden, leichten beigefarbenen Sommeranzug mit einer leuchtend blauen Krawatte.

„Beanstock“, polterte er los. Junior verzog sich sofort in den Salon.

„Sir Percival?“

„Wo sind unsere beiden Hausgäste? In einer halben Stunde beginnt der Empfang und ich möchte, dass alles zur Zufriedenheit meiner Frau abläuft.“ Entgegen seiner Art flüsterte er dem Butler zu: „Ich bin so froh, wenn die beiden übermorgen abreisen.“

„Alles wurde zu Ihrer Zufriedenheit arrangiert. Bitte, genießen Sie den wunderschönen sonnigen Tag. Ich sorge für den Rest. Wenn ich bemerken darf, die Gäste sind noch auf ihren Zimmern.“ Der Butler verbeugte sich leicht und ging zurück in das Esszimmer, um den Aufbau des Buffets zu begutachten.
Sir Percival schlich, sich vorsichtig umblickend in die Bibliothek, schloss leise die Tür, nahm die Karaffe mit dem Whiskey zur Hand und griff nach einem der glitzernden Kristallgläser.

„Percival Parsley!“ Der lautstarke Ruf kam von seiner Gattin, die auf dem Weg nach unten war und nervös nach ihm suchte. Beinahe hätte er den guten Whiskey verschüttet. Er nahm einen großen Schluck und gesellte sich dann schnell zu seiner Frau in der Halle.

„Wie schön du heute wieder bist, meine Liebe“, versuchte er sie aufzuheitern.

Lady Fedora trug ein hellblaues Sommerkleid mit einem weiten Rock und schmalem Oberteil mit halblangen Ärmeln. Auf dem leichten Stoff tummelten sich blaue Blümchen und Schmetterlinge. Ihr Londoner Schneider hatte ihre Bedenken zerstreut und ihr versichert, man trage das jetzt in London. Er wollte sie auch noch zu einem passenden Hut verführen, einer seltsamen Kreation aus einem, mit Perlen besetzten, Drahtgeflecht. Darauf hatte ein blattförmiges Lederstück geruht und lange weiße Federn hatten an den Seiten hervorgeragt. Lady Fedora war überaus amüsiert gewesen und hatte lachend abgelehnt. Ihr Schneider hatte verstimmt reagiert und die Augen verdreht.

Der Kies in der Einfahrt vor dem Haus knirschte laut. Beanstock ging gemessenen Schrittes zur Tür um nachzusehen. Eine silbergraue Limousine fuhr eine enge, rasante Kurve und hielt mit quietschenden Bremsen. Der Kies stob nach allen Seiten davon. Eine der Autotüren flog auf und ein Herr stieg schimpfend aus. Er war etwas älter als Sir Percival, hatte einen braun karierten Anzug an, einen riesigen gezwirbelten Schnauzbart und auf dem Kopf einen etwas zerknautscht aussehenden braunen leichten Hut.

„Kannst du überhaupt fahren? Das nächste Mal nehmen wir wieder den Geländewagen oder der Chauffeur fährt die Limousine! Sieh dir meinen neuen Hut an, immer diese Raserei!“

An der Fahrerseite hatte nun Gonzales lächelnd die Tür geöffnet und half der Gattin des Earls of Southcoffelton aus dem Wagen. Das war an diesem Tag seine Aufgabe. Er hatte wieder seine gute

Mütze auf den schwarzen Locken und an seiner Jacke glänzten die goldfarbenen Knöpfe. Beanstock registrierte es zufrieden.

Lady Marjorie grinste fröhlich. „Mein lieber Mortimer, dein schrecklicher brauner Hut hat nichts anderes verdient und man kann nicht durch die Gegend gondeln und sich von den Hasen überholen lassen. Du weißt, das ist meine einzige große Freude, also sei artig."

Lady Marjorie war eine resolute Dame mit einem Hang zu schnellen Autos. Sie und ihr Mann hatten im Nachbarort ein kleines Gut mit einem alten zugigen Wasserschloss, das der Lord seinen Vorfahren verdankte. Sie züchteten edle Pferde und kleine Hunde der Rasse Dandie Dinmont Terrier. Lady Marjorie zog es dementsprechend vor, Hosen zu tragen, da diese für ihre vielen Aktivitäten viel bequemer waren. Heute hatte ihr Mann sie überredet, ein Kleid anzuziehen, was ihr nicht leichtgefallen war. Nachdem sie ausgestiegen war und Gonzales die Autoschlüssel überreicht hatte, damit er den Wagen parkte, zupfte sie an dem hübschen hellen Sommerkleid herum, als wäre es zu kurz.

Die Gastgeber erschienen in der Tür und begrüßten ihre Freunde fröhlich. Die beiden Paare kannten sich schon sehr lange. Ihre Familien hatten seit ewigen Zeiten freundschaftliche Beziehungen und besuchten sich überaus gern gegenseitig. Es gab Gerüchte, dass in irgendeinem Jahrhundert die Earls of Southcoffelton und die Baronets Parsley einen langjährigen blutigen Streit ausgetragen hatten. Es waren darüber nicht viele Schriftstücke vorhanden und Sir Percival war seit langem auf der Suche nach dieser alten Legende. Es hatte sich damals wohl um einen Fischteich, eine verbogene Rüstung oder eine verschwundene Dame gehandelt, die beide Söhne der Familien geliebt haben sollte. Niemand konnte etwas Genaues sagen. Zum Glück waren die Schwertkämpfe der Vorzeit lange vorbei und man kämpfte höchstens noch mit Messer und Gabel und einem zähen Truthahn.

Lady Fedora mochte die resolute Lady Marjorie und hakte sich sofort bei ihr unter. „Mein liebe Marjorie, wie lange haben wir uns nicht gesehen. Das geht nicht, wir müssen uns viel öfter treffen. Ich habe dich sehr vermisst. Wo sind denn deine Töchter? Kommen sie nicht?“

„Ach, ich sehe sie kaum. Du weißt ja, sie studieren in Cambridge.“

Lady Fedora streichelte den Arm ihrer Freundin. „Wir wollen nicht klagen, sondern froh sein, dass es jungen Frauen endlich erlaubt wird, alles was sie mögen zu studieren. Das war nicht immer so, wie du weißt. Denk daran, wie schwer es war, bis mein Vater eingesehen hatte, dass ich unbedingt Kunst studieren wollte.“

Lady Fedora zog ihre Freundin in das Haus, durch die Halle und das Esszimmer auf die Terrasse. Phillis stand mit einem Tablett bereit, auf dem Gläser mit prickelndem Champagner standen. Nach und nach kamen die Gäste. Zuerst, wie sollte es anders sein, der Apotheker mit seiner Familie.

Seine Tochter Pamela mit etwas zu viel Makeup im Gesicht und einem nagelneuen violetten Kleid, das so eng war, dass es den Herren sicher gefallen würde. Aufgeregt sah sich das junge Mädchen um. Sie wurden von den Gastgebern begrüßt und bekamen ein Glas Champagner. Mrs Hoppelton überschlug sich vor Dankbarkeit über die Einladung. Der Apotheker und sein Sohn Brian zogen sich sicherheitshalber aus dem Dunstkreis ihrer

Damen zurück. Brian hatte bereits zuhause seine Schwester mit den Worten verärgert: „Du siehst aus wie eine aufgedonnerte Operndiva.“

Danach kam auch schon Mrs Bloom, zum Glück ohne ihren Kater, den sie sonst überallhin mitnahm, auf einem giftgrünen Fahrrad angeradelt. Auf ihrem Kopf wackelte ein brandneuer Hut mit diversen Fantasieblumen. Damit er nicht vom Kopf flog, hatte sie eine grüne Schleife um den Hut und ihr Kinn gebunden. Beanstock registrierte es verwundert.

Inspector Greenwood, sehr elegant im blauen Zweireiher brachte in seinem Dienstwagen Pfarrer Wilson mit. Der Inspector, ein schlanker Mann mit lockigen schwarzen Haaren und einem kleinen dünnen Schnauzer, war für den nördlichen Bereich der kleinen Grafschaft zuständig. Greenwood war vor etwa einem Jahr hierher versetzt worden. Es gab eine kleine Polizeistation in Parsley Field, ganz in der Nähe des Bahnhofs. Sein einziger Mitarbeiter Constable Donegal lebte hier schon länger und kannte fast jeden Bewohner der Grafschaft genau.

Danach erschienen Dr. Winterbottom und seine Schwester, die sehr hübsch aber auch sehr nervös zu sein schien und zum Schluss Mr Divari vom Hotel *Rosebud* und seine Sekretärin Miss Summerset. Ihr hellblondes Haar fiel in weichen Wellen bis zu den Schultern und sie trug ein wunderschönes grünliches Chiffonkleid mit einem großen Kragen.

„Was für eine Augenweide“, bemerkte Lord Mortimer und zwirbelte seinen dicken Schnauzbart. Mr Partridge hätte sicher wieder rote Ohren bekommen.

Mr Davinder war heute in eines seiner traditionellen indischen Gewänder gekleidet, weiße, schmale Hosen und ein weißes, langes Hemd mit hohem Kragen. Der einzige Schmuck bestand aus einer goldfarbenen verschlungenen Borte am Ausschnitt.

Es fehlten der Ehrengast und der Verleger.

„Sie wird sich wieder einen eigenen Filmauftritt basteln“, flüsterte Bernice Phillis ins Ohr. Sie kicherten leise. Die beiden Mädchen gingen mit Tabletts voller Champagnergläser herum und boten sie den Gästen an.

Der Ehrengast erschien in einer duftenden Vanillewolke und einem weißen Hosenanzug! Lady Marjorie sah ihren Mann sofort vorwurfsvoll an.

„Und ich musste ein Kleid anziehen, weil du meintest, es gehöre sich so.“

An Ingas Hals klimperten lange Perlenketten und ihr Haar war streng nach hinten gekämmt und mit Gel gefestigt.

Lady Fedora musste sich setzen. Sir Percival übernahm schnell den Part seiner Frau und stellte Inga Hillman vor. Einige Minuten danach kam auch der zweite Gast der Baronets langsam die Treppe hinab. Beanstock bemerkte die dunklen Ringe unter seinen Augen. Mr Van Horten stellte sich neben Miss Summerset und beobachtete den Hotelbesitzer. Mr Divari verbeugte sich vor Inga mit gefalteten Händen und hauchte: „Namaste, Priscilla, wir haben uns sehr lange nicht gesehen.“

„Inga bitte, Davinder, ich dachte nicht dich hier zu treffen.“ Sie gingen ein paar Schritte in den Garten und unterhielten sich leise. Miss Summerset ballte die Fäuste. Das Geschwisterpaar Winterbottom sah sich verwirrt an. Mrs Bloom nahm sich ein weiteres Glas Champagner und redete ohne Luft zu holen auf die Frau des Apothekers ein, die ziemlich ungehalten wirkte. Der Verleger Van Horten trommelte nervös mit den Fingern an seinem

Glas und die Hausdame Mrs Argyle beobachtete ihn voller Abscheu. Inspector Greenwood sprach mit Sir Percival und dem Earl über die bevorstehende Jagdsaison und Lady Marjorie bewunderte Juniors ausgezeichneten Wuchs.

Die Einzigen, die wirklich richtig Spaß zu haben schienen, waren der Apotheker und sein Sohn Brian. Sie hatten sich davongeschlichen und begutachteten staunend gemeinsam mit Gonzales den Bugatti Atalante des Verlegers Van Horten.

Beanstock stand am Eingang zum Esszimmer und beobachtete. Eine eigenartige Spannung lag in der Luft. Er sah es in den angespannten Gesichtern der Gäste und dem Flüstern hinter vorgehaltener Hand. So einen eigenartigen Empfang hatte es in seiner Butlerzeit noch nicht gegeben. Es sah für ihn fast so aus, als würden sich einige der Gäste belauern oder sich unwohl fühlen. Der Butler beschloss, die Gäste etwas früher zum Büffet zu bitten, um für Ablenkung zu sorgen. Er trat zu Lady Fedora und informierte sie, dass das Essen bereitstand.

Sie rief ihre Gäste freundlich auf, sich reichlich zu bedienen. Man begab sich in das Esszimmer, nahm einen Teller und füllte ihn mit all den guten Sachen, die Mrs Porkpie gezaubert hatte. In der Mitte des Büfetts stand ihr Meisterstück, eine dreistufige Himbeercremetorte mit kleinen Röschen aus Marzipan. Es gab eine Mulligatawny Soup, nach indischem Rezept, Hühnchen in Aspik, Roastbeef, kleine knusprige Perlhuhnschenkel, krosses Brot und verschiedene Mixed Pickles aus dem Vorrat der Köchin. Beanstock und die Hausdame reichten verschiedene Getränke nach Wunsch.

Pfarrer Wilsons Soutane bekam die ersten interessanten Flecken durch die leckere Suppe. Wie immer würde man am Ende des Essens nachvollziehen können, in welcher Reihenfolge er was gegessen hatte.

Nach einigen Minuten gesellten sich auch Miss Hillman und Mr Divari wieder zu den anderen Gästen. Beanstock bemerkte die Blässe auf dem ansonsten braunen Gesicht des Inders und er sah Miss Hillman, die sich schnell von ihm entfernte und ein Gespräch mit Dr. Rachel Winterbottom begann. Aber auch dieses Gespräch endete schnell und hatte scheinbar zur Folge, das Dr. Winterbottom den Appetit verlor und ihren gefüllten Teller an Phillis zurückgab, die nun Beanstock hilfesuchend ansah. Er gab ihr zu verstehen, den Teller in die Küche zu bringen.

Rachel Winterbottom ging zu ihrem Bruder, flüsterte ihm etwas ins Ohr und wirkte ungehalten. Timothy Winterbottom erwiderte etwas und biss herzhaft in einen saftigen Perlhuhnschenkel. Rachel ging mit einem Glas Wein und verkniffenem Gesicht auf die Terrasse zurück, setzte sich in einen der Korbsessel und sah in die Ferne. Langsam machte sich Beanstock Sorgen.

Miss Hillman knabberte an einem Stück Hühnchen in Aspik, stellte den Teller lächelnd auf der großen Anrichte ab, nahm ihr goldenes Zigarettenetui aus der Hosentasche, öffnete es und entnahm eine Zigarette. Sie legte das Etui zur Seite und nahm aus der anderen Tasche eine lange goldene Zigarettenspitze. Als sie die Spitze an den Mund setzte, trat Mr Van Horten schnell dazu und hielt ein Feuerzeug unter ihre Zigarette.

„Wie unhöflich“, bemerkte die Apothekersfrau leise zu ihrer Tochter, „ich dachte diese eleganten Filmstars sind ein Ausbund an guten Manieren.“

„Man merkt, dass du nur die Lokalpresse liest, Mutter, sonst wüsstest du, dass das ein ganz normales Benehmen in diesen Kreisen ist. Ich finde das so wundervoll unabhängig."

„Was hat schlechtes Benehmen mit Unabhängigkeit zu tun?", fragte ihre Mutter angewidert. „Willst du etwa immer noch Schauspielerin werden?" Pamela stellte ihren Teller ab und schlenderte zu Miss Hillman hinüber. Sie sagte etwas zu ihr und ihre Wangen röteten sich vor Aufregung. Miss Hillman taxierte das Mädchen von oben bis unten, erwiderte lächelnd etwas und ließ sie stehen. In Pamelas Augen begannen langsam aber sicher Tränen zu glänzen. Ihr Bruder Brian hatte es bemerkt und sprach leise mit ihr. Dann nahm er ein Taschentuch, wischte über das Gesicht seiner Schwester und reichte ihr sein Weinglas. Beanstock registrierte auch diesen Vorfall mit großem Unbehagen. Er sah sich nach dem zweiten Hausgast, Mr Van Horten, um.

Der Butler hoffte, dass wenigstens von dieser Seite keine Probleme zu erwarten waren. Der Verleger stand immer noch an der Anrichte und schenkte sich von dem alten Whiskey ein, der dort mit einigen Gläsern bereit stand. Der Butler hätte ihn gern im Blick behalten, wurde aber von Lady Fedora gerufen.

„Beanstock, haben Sie auch das Gefühl, dass die Stimmung nicht sehr gut ist? Ich wollte eigentlich zum Ausklang des Empfangs mein neues Buch vorstellen, das im Herbst erscheinen soll. Aber Mr Van Horten hat den Vorabdruck in seiner Tasche, denke ich und scheint nicht zufrieden damit zu sein. Und wo ist Miss Summerset? Mr Divari möchte sich bereits verabschieden und fragte mich nach ihrem Verbleiben? Warum ist unser geschätzter Mr O`Donoghue eigentlich nicht gekommen? Ich bin mir sicher, er hätte mit einer seiner lustigen Anekdoten den Tag gerettet? Versuchen Sie doch die Soutane unseres Pfarrers etwas zu reinigen. Ich glaube, ich werde wahnsinnig. Tun Sie was, Beanstock!"

Der Butler spürte, dass My Lady langsam die Geduld mit ihren Gästen verlor.

„Lady Fedora, der allseits beliebte Pubwirt hat sich nicht entschuldigt, vielleicht liegt es an Ihrem geschätzten Patenkind, dass er es vorzog, nicht zu erscheinen." Lady Fedora sah ihren Butler betroffen an.

„Er kann doch aber nicht immer noch beleidigt sein, wegen dieser uralten Geschichte damals? Mein Gott, diese Männer und ihr vermeintliches Ehrgefühl, entschuldigen Sie Beanstock."

In diesem Moment sah Beanstock, wie Miss Hillman herein kam und sich suchend umblickte. Er wollte gerade nachfragen, ob er etwas für sie tun könne, als sie zur Anrichte lief und ihr Zigarettenetui nahm, das sie dort scheinbar vergessen hatte. Mr Van Horten nahm seinen Whiskey und ging hinaus auf die Terrasse. Beanstock fiel auf, dass Bernice ein erstauntes Gesicht machte und dem Verleger mit seltsamen Blicken nachsah.

Er ging zu ihr und fragte: „Gibt es ein Problem, Bernice?" Das Hausmädchen schreckte zusammen.

„Nein, nein, Mr Beanstock, es ist alles in Ordnung." Sie stockte kurz. „ Ich habe mich nur gewundert, dass Mr Van Horten sich allein bedient."

„Er ist hier Gast und es ist nicht unsere Aufgabe Handlungen der Gäste, auch wenn sie noch so seltsam erscheinen, zu bewerten. Gehen Sie an ihre Arbeit."

Bernice knickste und ging schnell zur Anrichte, um die Gläser und Karaffen zu ordnen.

Miss Summerset kam in diesem Moment aus dem Garten und betrat das Esszimmer. Ihre Wangen waren gerötet, bemerkte Beanstock. Sie richtete sich sofort an ihren Arbeitgeber. „Sie wollen sicher gehen, Mr Divari. Entschuldigen Sie, dass ich Sie warten ließ." Die beiden verabschiedeten sich von dem Gastgeberpaar und erklärten, wichtige Hotelgeschäfte tätigen zu müssen.

Das war wie ein Signal zum Aufbruch. Plötzlich hatten es die meisten Gäste sehr eilig und mussten noch Dinge erledigen. Allein Lord und Lady Southcoffelton blieben auf ihren Sesseln auf der Terrasse sitzen und genossen einen guten Dessertwein und ein riesiges Stück von Mrs Porkpies wunderbarer Torte.

Inzwischen kam es vor dem Haupteingang zu einem kleinen Stau, als alle gleichzeitig in ihre Autos stiegen und abfahren wollten. Gonzales standen Schweißperlen auf der Stirn. Schließlich stieg Inspector Greenwood wieder aus seinem Dienstwagen und betätigte sich als Verkehrspolizist. So begann sich der Autoknoten aufzulösen und alle brausten davon. Nur Mrs Bloom mit ihrem Fahrrad nahm sich viel Zeit.

Lady Fedora ließ sich in der Zwischenzeit neben Lady Marjorie in einen Sessel fallen, atmete tief durch und bestellte bei Beanstock einen Whiskey.

„Ist alles in Ordnung meine Liebe?", fragte nun Lady Marjorie.

„Ein wunderbarer Empfang, Percival, bin über die Maßen zufrieden, ein paar interessante Gäste", stellte Lord Mortimer fest und pulte dabei Tortenkrümel aus seinem Bart.

„Ja, ich weiß Darling", bemerkte seine Ehefrau, „du konntest deine Blicke nicht von den weiblichen Gästen lassen. Iss deine Torte."

Lady Fedora sah sich nach ihren Hausgästen um, vor allem nach Inga, für die dieser Empfang eigentlich gedacht war. Sie sah Inga, rauchend, durch den Garten flanieren. Wo ihr Verleger abgeblieben war? Sie hatte keine Ahnung und schloss genervt die Augen. Lady Marjorie sah sie besorgt an. Inzwischen hatte Mrs Argyle begonnen die Aufräumarbeiten im Esszimmer zu verteilen.

Schließlich verabschiedeten sich die beiden letzten Gäste. Gonzales fuhr den Wagen vor und nachdem er seinen Hut vom Kopf genommen hatte, öffnete er mit einer leichten Verbeugung für Lady Marjorie die Wagentür. „Danke Gonzales, ach Fedora", drehte sie sich zu ihrer Freundin um, „Du bist ein glücklicher Mensch. Weißt du das? Dein Personal ist, glaube ich, das beste, dass ich kenne. Denk nur an unsere letzte gemeinsame Festlichkeit bei uns. Unsere Köchin kann noch immer keinen ordentlichen Kuchen backen und Mortimers Butler? Na, du weißt schon. Er ist mittlerweile so alt, dass wir manchmal denken, er schläft ein, bevor er einen Satz beenden kann. Wir haben ihn doch tatsächlich letztens im roten Salon schlafend in einem Sessel entdeckt, nachdem wir eine geschlagene Stunde auf unseren Tee gewartet hatten. Also, meine Liebe, Kopf hoch." Lady Fedora konnte schon wieder lächeln. Ihre beste Freundin schaffte es immer wieder, sei heiter zu stimmen.

„Das nächste Mal bei uns. Und bringt Kuchen mit. Fantastischer Whiskey, mein guter Percival", rief der Earl of Southcoffelton seinem Freund zu, bevor seine Frau den Motor des Wagens aufheulen ließ und in einer wilden Kurve aus der Ausfahrt schoss. Als die beiden Gastgeber ins Haus zurückgingen, waren bereits alle Möbel wieder an ihrem Platz und in der blitzblanken Küche wirbelte Mrs Porkpie bereits für die Vorbereitungen zum abendlichen Dinner herum.

Mr Van Horten kam die Treppe herab, das neue Vorabexemplar Lady Fedoras in der Hand. Inga Hillman stand in der Halle, entschuldigte sich mit Kopfschmerzen und ging auf ihr Zimmer.

Lady Fedora ließ Tee in den Salon bringen und zog sich mit ihrem Verleger zu einem Gespräch zurück, während ihr Gatte endlich einen Spaziergang machen konnte. Er brauchte diese Ruhe noch mehr als Junior, der nun völlig aus dem Häuschen war und ihn umrundete, wie ein hüpfender Ball.

„Es ist nicht akzeptabel und ich bleibe dabei. Das Buch ist so, wie es ist, vollkommen." Lady Fedora verschränkte die Arme und sah mit aufgerissenen Augen aus dem Fenster ihres gemeinsamen Schlafzimmers. Nach diesem Tag waren die beiden froh, endlich in ihrem gemütlichen Bett zu liegen. Sir Percival versuchte schon seit ein paar Stunden seine Frau zu beruhigen. Das Gespräch Lady Fedoras mit ihrem Verleger hatte sie furchtbar aufgeregt.

„Was genau missfällt ihm denn, ich verstehe es immer noch nicht, meine Liebe", fragte er nun, während er in einem seiner alten Bücher blätterte.

Seine Gattin schnaubte. „Er meint das Thema an sich. Ein Buch nur über Kräuter und Gewürze braucht kein Mensch in England, beklagte er sich. Als ob es nicht das Wichtigste von der Welt wäre. Schon unsere Vorfahren wussten, dass Kräuter unser Essen erst schmackhaft und verträglich machen. Wenn man bedenkt, dass einige mit ihrem Leben bezahlt haben, als sie verschiedene Pflanzen ausprobierten, sollte man doch meinen, die Leute wüssten diesen Forscherdrang zu schätzen. Vermutlich war es reiner Zufall, dass man herausbekam, wie welche Pflanze benutzt werden konnte, um einen bestimmten Geschmack zu erreichen. Dill, Petersilie, Kardamom, Thymian, Basilikum, Kümmel, Ingwer, die Welt wäre um so vieles ärmer ohne sie."

Sir Percival sah von seiner Lektüre auf. „Ja, und man vergesse nicht das Rizinusöl", flüsterte Sir Percival und rieb seinen Bauch. „Darling, hast du ihm das so gesagt, wie soeben mir?" meinte er dann.

„Dafür war ich viel zu aufgebracht. Ich habe es auf morgen verschoben und mich entschuldigt."

„Wie du es mir grad erklärt hast, sind es die richtigen Argumente für dieses Buch. Es wäre genau das passende Vorwort."

Lady Fedora sah ihren Mann überrascht an. „Du hast vollkommen recht. Warum fällt mir so etwas immer zu spät ein? Du bist wunderbar, Darling!"

„Es ist nie zu spät", sinnierte ihr Gatte und widmete sich wieder seiner Lektüre über die Legenden der Normannenzeit. Seine Gattin sprang aus dem Bett, zog sich schnell ihren langen weichen Morgenmantel über und schlüpfte in ihre Pantoffel.

„Wohin willst du denn?", fragte ihr Mann. „Vielleicht in die Küche?" Ein hoffnungsvoller Ausdruck erschien auf Sir Percivals Gesicht. Er schmeckte bereits die Tasse Kakao auf den Lippen.

„Was denkst du denn? Wie du sagtest, es ist nie zu spät. Ich gehe in mein Atelier und schreibe diesen Gedanken auf, bevor ich ihn vergessen habe. Ich kann nicht bis morgen warten. Und Darling, du hattest heute genug Leckereien." Damit rauschte sie aus der Tür. Als sie leise die Tür hinter sich schloss, hörte sie ein Geräusch aus Richtung der Gästezimmer. Es war ein leises Schluchzen. Sie ging darauf zu und klopfte an Ingas Tür.

„Inga, mein Kind, ist alles in Ordnung?“

Die Tür wurde einen Spalt geöffnet. Inga Hillman stand in ihrem langen weißen Seidennachthemd dort und wischte mit einem Tuch über ihr Gesicht. Ihre Augen waren gerötet. Die Zigarette in ihrer Hand zitterte. Lady Fedora öffnete die Tür, trat schnell ein. „Was ist passiert?“, fragte sie ängstlich. „Geht es dir nicht gut?“

„Bitte, nenn mich Priscilla, Tante Fedora.“ Schon wieder begannen aus ihren Augen dicke Tränen zu tropfen. Lady Fedora nahm sie kurzerhand in die Arme und hielt sie fest. „Sag mir, was dich bedrückt.“

„Ich hätte nicht hierherkommen sollen. Alle schlimmen Erinnerungen kommen zurück und ich habe alle Menschen vor den Kopf gestoßen, die mir einmal etwas bedeutet haben. Wenn ich aus dem Fenster blicke, sehe ich unser Haus vor mir und all diese schlimmen Dinge passieren erneut vor meinen Augen.“ Lady Fedora drückte sie auf einen Sessel und goss ein Glas Wasser aus der bereitstehenden Karaffe ein.

„Du hast schlimme Dinge erlebt, aber du hast dir ein eigenes Leben aufgebaut und musst diese Dinge hinter dir lassen. Das Schicksal deiner Schwester oder deiner Eltern war nicht deine Schuld. Alles wird wieder gut, mein Kind. Und du weißt auch, dass wir immer für dich da sein werden. Nun beruhige dich, ich werde dir eine kleine Schlaftablette bringen lassen, du wirst ausschlafen und morgen sieht alles besser aus. Vielleicht sollten wir morgen euer Haus besuchen. Du musst richtig Abschied nehmen und am besten alles dort verkaufen. Wir helfen dir gern dabei. Was denkst du?“

Inga nickte und ein leichtes Lächeln erschien auf ihrem blassen Gesicht.

„Ich habe mich wohl ziemlich komisch aufgeführt oder? Aber du kannst dir nicht vorstellen, wie es in Hollywood ist. Man muss hart sein, um aufzusteigen. Und wenn man dann älter wird...", unterbrach Inga und wieder rollten Tränen aus ihren Augen. Lady Fedora strich ihr über den Kopf.

„Du bist einfach eine gute Schauspielerin." Dann ging sie zur Tür. Neben der Tür war eine Klingel angebracht, deren Leitung direkt zum Butler und in den Personalbereich führte. Wenige Minuten später klopfte es leise an der Tür. Sie öffnete und Beanstock stand in seinem kompletten Anzug davor. Wie machte er das mitten in der Nacht vollkommen korrekt auszusehen, sinnierte Lady Fedora, während der Butler das Gewünschte aus dem Medizinkasten besorgte.

Inga saß an ihrem Schminktisch, puderte sich das verweinte Gesicht, musterte traurig im Spiegel die ersten tiefen Falten, griff zu dem tropfenförmigen grünlichen Flakon mit dem geschwungenen Schriftzug *Shalimar* und sprühte sich einen Hauch von Vanille auf ihr Dekolleté. Sie nahm eine Zigarette aus dem goldenen Etui, sah lange auf den filigranen Schriftzug im Deckel und zündete die Zigarette an. Sie nahm einen tiefen Zug und der Rauch floss, wie heller Nebel an einem Herbstmorgen aus ihrem Mund.

Als der Butler kam, brachte Lady Fedora Priscilla zu Bett, gab ihr eine kleine Tablette und deckte sie fürsorglich zu. „Nun wirst du schlafen können. Wir sehen uns morgen." Priscilla hustete leicht, dann schloss sie die Augen und Lady Fedora verließ das Zimmer. Der Butler wartete vor der Tür auf weitere Wünsche.

„Gehen Sie zu Bett, Beanstock, entschuldigen Sie die späte Störung, aber ich wollte das Kind nicht allein lassen."

„Gute Nacht, My Lady."

Lady Fedora ging in ihr Atelier, um ein paar Gedanken zu notieren. Der Butler blieb noch kurz am Treppenabsatz stehen und blickte zurück. Er hatte ein Geräusch gehört und wollte sicher gehen, dass er nicht mehr gebraucht wurde. Aber es war still. Er ging in die Halle hinab, vergewisserte sich, dass die Tür verschlossen war und begab sich dann in sein Zimmer.

In dem anderen Gästezimmer trat Mr Van Horten leise von der Tür zurück. Er hatte genug gehört. Er ging zum Fenster und öffnete es. Die kühle Nachtluft tat ihm gut und er atmete tief ein.

7. Inspector Greenwood ermittelt

Für Beanstock begann den Morgen wie immer mit seiner Musik und einer guten Tasse Tee.

Der vorherige Tag hatte viele Fragen aufgeworfen, die in der Küche des Hauses ausgiebig besprochen werden mussten. Solange der Butler der Herrschaft noch nicht anwesend war, stellte es kein Problem dar, sich mit ein paar Klatschgeschichten den Morgen zu versüßen. Mrs Argyle drückte beide Augen geflissentlich zu. Sie gönnte dem Personal den Spaß, zumal am Vortag die Arbeit von Allen so ausgezeichnet bewältigt worden war. Als der Butler erschien gingen die Anwesenden zufrieden an ihre jeweiligen Aufgaben. Ein Tag wie jeder andere.

Nachdem die Herrschaften gefrühstückt hatten, heute mit dem Verleger My Ladys, gab dieser bekannt, so schnell wie möglich nach London zurück fahren zu wollen. Er begab sich in sein Zimmer um zu packen.

Sir Percival war in seiner Bibliothek. Von dem anderen Gast erwartete man kein Lebenszeichen vor dem Mittag.

Lady Fedora ging in den Garten, um wieder einmal nach den Dillblüten zu sehen. Danach beabsichtigte sie noch einmal mit ihrem Verleger zu reden und die Unstimmigkeiten des Vortages zu klären. Sie ging durch den Salon auf die Terrasse und sah kurz zu den Fenstern ihres Patenkindes. Hoffentlich würde es ihr heute besser gehen. Lady Fedora sah, dass das Fenster weit geöffnet war. Der Wind der letzten Nacht hatte wahrscheinlich eine Gardine erfasst und aus dem offenen Fenster geweht. Sie kehrte ins Haus zurück und rief nach Bernice. Das Mädchen erschien und knickste leicht.

„Bernice, bitte gehen Sie zu Miss Hillmans Zimmer. Ich erlaube Ihnen ganz leise hinein zu gehen und das Fenster zu schließen. Die Gardine hat sich außen verhakt und könnte Schaden nehmen. Ich bin sicher Miss Hillman wird das verstehen. Es ist jetzt bereits zehn Uhr."

Bernice knickste erneut und ging unverzüglich in die obere Etage. Auf dem Gang des Gästeflügels sah sie Mr Van Horten neben seiner Zimmertür. Sie grüßte ihn mit einem Kopfnicken. Daraufhin verschwand er in seinem Zimmer. Sie ging nach links und klopfte sehr vorsichtig an die Tür zum grünen Zimmer. Keine Antwort. Sie sah sich um, ob jemand auf dem Flur war, dann legte sie ihr Ohr an die Tür, um zu hören, ob Miss Hillman bereits aufgestanden war. Sie hörte ein Stöhnen. Bernice bekam Angst und ihre Haut kribbelte. Leise öffnete sie die Tür.

Inga Hillman lag auf dem Boden kurz hinter der Tür, so als hätte sie versucht die Klingel zu erreichen. Sie rührte sich nicht. In der Hand hielt sie immer noch das kleine goldene Zigarettenetui. Bernice begann mit wilden Bewegungen auf die Klingel einzuhämmern. Der Butler kam und mit ihm Mrs Argyle. Beanstock erfasste die dringliche Situation sofort. Er griff an den Hals des Filmstars und prüfte den Puls. Schwach, aber noch zu fühlen. Ihr Atem ging stoßweise und unregelmäßig. Ihre Arme waren verkrampft.

„Bernice, helfen Sie mir, Miss Hillman zum Bett zu tragen. Mrs Argyle, informieren Sie sofort My Lady und rufen Dr. Winterbottom."

Lady Fedora und Sir Percival kamen und versuchten die junge Frau aufzuwecken. My Lady hielt ihre Hand und begann furchtbar zu zittern. „Sie atmet kaum noch. Was können wir nur tun?“

Zum Glück gab es Telefone und der Weg nach Parsley Field war nicht sehr weit. Es waren kaum zehn Minuten verstrichen, da lief Dr. Winterbottom mit seiner Arzttasche, immer zwei Stufen auf einmal nehmend, die Treppe hinauf. Beanstock schickte Bernice und Mrs Argyle hinaus.

Der Arzt nahm sein Stethoskop und horchte auf die flache stoßweise Atmung seiner Patientin. Er öffnete ihre Augenlider und Beanstock konnte sehen, dass die Pupillen riesengroß und schwarz waren. Der Arzt öffnete Ingas Mund und sah eine mit rötlichen Pusteln übersäte geschwollene Zunge. Dr. Winterbottom drehte sich zu Lady Fedora und ihrem Gatten um.

„Wissen Sie, ob Miss Hillman Drogen genommen hat? Oder nimmt sie irgendwelche Medikamente ein, von denen Sie wissen?“

Lady Fedora verneinte kopfschüttelnd. „Sie hat gestern Abend von mir eine leichte Schlaftablette erhalten, weil sie mir so aufgebracht schien.“

Dr. Winterbottom zog eine Spritze auf. Bevor er sie injizieren konnte, bäumte sich Priscillas Körper wie im Krampf auf. Sie versuchte Luft zu holen, die Augen aufgerissen, um dann zurück auf das Bett zu sinken. Dann wurde es seltsam still. Der stockende Atem hatte aufgehört und Inga Hillman lag friedlich und leblos auf dem Bett. Dr. Winterbottom versucht sie zu reanimieren. Nach einigen Minuten erhob sich der Arzt langsam und traurig vom Bett seiner Patientin.

„Es tut mir sehr leid, My Lady, es ist zu spät! Ich kann nichts mehr tun. Sie ist tot.“

Lady Fedoras Hand verkrampfte sich im Arm ihres Mannes. Ihr Gesicht wurde leichenblass. Niemand sagte etwas. Beanstock griff unter den Arm My Ladys und führte sie zusammen mit ihrem Mann hinaus. In der Halle wartete My Ladys Verleger neben seinem Koffer, bereit abzufahren.

„Ist etwas nicht in Ordnung Sir Percival?“, erkundigte er sich mit besorgtem Gesicht. Man informierte ihn über die Sachlage. Als Dr. Winterbottom langsam die Treppe herabkam, verstummten die Gespräche.

„Ich muss mich leider trotzdem verabschieden“, sagte der Verleger und wollte seinen Koffer nehmen. „Beanstock, nehmen Sie bitte das Gepäck und bringen es zum Wagen Mr Van Hortens“, versetzte Sir Percival in ungewohnt leisem Tonfall.

„Entschuldigen Sie, Sir Percival“, unterbrach nun der Doktor, „Sie müssen Inspector Greenwood informieren. Die Todesursache ist ungeklärt. Ich kann den Totenschein noch nicht ausstellen.“

„Sir Percival, darf ich Sie darauf hinweisen, dass unter diesen Umständen, Mr Van Horten noch bleiben sollte. Ich bin sicher, die Polizei will seine Aussage aufnehmen“, richtete der Butler seine Worte an den Baronet und sah mit einem Seitenblick die Reaktion des Verlegers. Mr Van Horten wurde nervös.

Sir Percival war mit dieser Situation überfordert. Das konnte man erkennen. Also ging Beanstock zum Telefon und informierte Inspector Greenwood. Dann wies er Miss Arbuckle an, sich um Lady Fedora zu kümmern, die sich im Salon befand.

Der Polizeiwagen kam schnell und glücklicherweise, wie Beanstock bemerkte, ohne diesen penetranten Klingelton.

Inspector Greenwood beugte sich über die Leiche und sprach mit leiser Stimme. Sein Constable, vorschriftsmäßig uniformiert und den dicken Schnauzbart sauber gestutzt, notierte in einem aufgeklappten Notizblock die Beobachtungen seines Vorgesetzten Wort für Wort. Ab und zu leckte er mit seiner Zunge an der Spitze des Bleistiftes. Dabei vermied er es, die tote Dame auf dem Bett anzuschauen. Constable Donegal war blass um die Nase und auf seinen Wangen zeigten sich rote Flecken in verschiedenen Schattierungen. Es war seine erste Leiche.

Neben ihm stand der Butler und beobachtete. Auf der anderen Seite des Bettes beugte sich Dr. Winterbottom über den toten Körper und versuchte, dem Inspector die Symptome zu erklären, die seiner Meinung nach einen natürlichen Tod ausschließen würden.

„Als ich hier ankam, befand sich die Patientin nicht bei Bewusstsein. Sie atmete stoßweise und flach. Ihre Pupillen waren stark erweitert, was auf Rauschmittel, Medikamente oder eine Vergiftung hindeuten kann. Ihr Puls war kaum noch wahrnehmbar und sie wirkte fiebrig. Ihre Hände waren verkrampft, was man noch immer sehen kann. Ihre Zunge war stark angeschwollen." Damit wies der Doktor mittels einer Pinzette auf den Mund der Toten.
Inspector Greenwood räusperte sich. „Wurde Miss Hillman bewegt?", wandte er sich fragend an den Butler.
„Bernice fand sie auf dem Boden direkt an der Tür. Wir hielten es für das Beste, sie auf dem Bett zu lagern. Ich ließ dann sofort Dr. Winterbottom rufen."

„Und zu welchem Ergebnis kommen sie Doktor?" fragte der Inspector.

„Ich rate zu einer Obduktion. Ich kann die Ursache nicht genau bestimmen und da es sich hier um eine, meiner Meinung nach, gesunde junge Frau gehandelt hat, würde ich nur einen vorläufigen Totenschein ausstellen."

Der Inspector nickte zustimmend.

Dr. Winterbottom nahm seine Tasche und begab sich hinunter in die Halle.

„Haben Sie sonst noch irgendetwas hier berührt Mr Beanstock?"

Der Butler schien in seiner Ehre als Kriminalist gekränkt und antwortete entsetzt: „Natürlich nicht, hier wurde nichts verändert."

„Ja, ja, natürlich nicht. Können Sie zu diesem Zeitpunkt sagen, ob etwas im Zimmer fehlt?"

„Nun, da bin ich überfragt. Wir sollten dahingehend sicher mit Miss Arbuckle sprechen, sie sollte sich um unseren Gast kümmern."

Der Inspector sah den Butler lächelnd an.

„ICH werde mit Miss Arbuckle reden. Ach und Mr Beanstock, bitte informieren Sie die Personen im Haus, dass ich mit ihnen allen reden muss. Solange die Sachlage nicht geklärt ist, müssen alle hier vor Ort bleiben, versteht sich." Er sah genervt zu seinem Constable, der eifrig schrieb. „Donegal, das eben brauchten Sie nicht mitschreiben." Der Constable schrieb weiter. Dann bemerkte er seinen Fehler und sah den Inspector schief grinsend an. Eine Schweißperle tropfte auf seine frisch gebügelte Uniform.

„In etwa einer Stunde wird die Spurensicherung hier sein. Der Leichnam wird dann ebenfalls abgeholt. Bis die Untersuchungen abgeschlossen sind, darf in diesem Zimmer niemand putzen." Mr Beanstock fühlte sich erneut bevormundet. Er riss sich zusammen und antwortete steif: „Sehr wohl Inspector."

Unten in der Empfangshalle versammelten sich inzwischen die Bewohner des Hauses. Leise getuschelte Worte unterbrachen die unnatürliche Stille. Lady Fedora und ihr Mann befanden sich im Salon, als der Inspector aus der oberen Etage herunterkam. Er informierte Sir Percival über die Sachlage und fragte nach einem ruhigen Raum für die Befragungen. Mr Van Horten stand mit einer Tasse Tee am Fenster.

„Vielleicht könnten Sie mich zuerst befragen, Inspector. Ich habe sehr wichtige Geschäfte in London zu erledigen", sagte er in einem Ton, der keinen Widerspruch duldete.

„Es tut mir leid, Mr Van Horten, auch Sie müssen bleiben, bis die Todesursache geklärt ist", antwortete der Inspector.

Sir Percival erhob sich langsam von seinem Sessel, streichelte leicht und zärtlich die Hand seiner Frau und folgte dem Polizisten in die Halle. Er versuchte das Personal zu beruhigen. „Bitte bleiben Sie ruhig und beantworten alle Fragen des Inspectors so genau wie möglich." Danach gesellte er sich wieder zu seiner Frau.

Die Befragungen sollten in der Bibliothek stattfinden und Constable Donegal folgte seinem Vorgesetzten mit einem wichtigen Gesicht. Beanstock wusste, dass er nicht dabei sein würde und dachte sich ein ausgeklügeltes System aus, um unangemeldet in der Bibliothek erscheinen zu können. Es waren Bücher für den Baronet zu holen, der Tee musste dem Inspector, natürlich unaufgefordert, serviert werden, die Fenster mussten unbedingt geöffnet und dann natürlich wieder geschlossen werden, das Schreibzeug Sir Percivals wurde verlangt, dann fehlte nach ein paar Minuten noch Papier. Als er zum wiederholten Mal die Befragungen des Polizisten unterbrach, wedelte Inspector Greenwood genervt mit der rechten Hand und meinte: „Mein Gott, Beanstock, so bleiben Sie um Himmels Willen eben hier und hören zu. Man kann Sie einfach nicht loswerden oder?"

„Sehr wohl, Sir. Wie sie meinen, Sir." Damit stellte sich der Butler zufrieden neben den eifrig schreibenden Constable.

Der Knecht und der Gärtner waren die ersten gewesen. Es stellte sich heraus, dass die beiden entweder im Außenbereich gearbeitet hatten oder in ihren Zimmern gewesen waren. Beanstock konnte bestätigen, dass Harrison sofort nach den Aufräumarbeiten am Vortag in seinem Zimmer verschwunden war.

Als nächstes erschien die Hausdame. Sie sah erschüttert aus und musste sich ständig die aufkommenden Tränen fortwischen. Sie berichtete, nichts Ungewöhnliches gesehen zu haben. Dabei sah sie mit flackerndem Blick zu Mr Beanstock. Nach Erledigung der Aufgaben ging sie gegen zweiundzwanzig Uhr zu Bett.

Ähnlich war es mit der Köchin, der Inspector Greenwood besondere Aufmerksamkeit schenkte, indem er genau wissen wollte, wie das Essen von ihr zubereitet wurde. Zornesrot verschränkte Mrs Porkpie die Arme.

„Wollen Sie andeuten, dass mein Essen schlecht war? In meiner langjährigen Tätigkeit für den Baronet und seine Frau hat sich noch niemand beschwert oder ist nach meinem Essen gestorben."

Der Butler räusperte sich. „Ich denke, der Inspector will nur sicher gehen, dass nicht irgendjemand daran herumgepfuscht hat, verstehen Sie Mrs Porkpie? Niemand beschuldigt Sie. Sicher werden von dem Essen Proben gebraucht, nicht wahr Inspector?" Er sah den Polizisten interessiert an.

„Ja natürlich, das wäre auf jeden Fall nötig", beeilte der sich ihm zuzustimmen.

„Ich werde mich darum kümmern", zischte Mrs Porkpie zwischen ihren Zähnen hervor. Die Köchin erhob sich, holte tief Luft, sah den Constable böse an und rauschte aus dem Zimmer. Constable

Donegal verlor den Faden und musste seine Notizen durchsehen. Was hatte er zuletzt aufgeschrieben? Er fand als letzte Notiz: „Das Essen muss geprobt werden“, schüttelte den Kopf und strich den letzten Satz durch.

Als nächstes wurde Filomena Arbuckle befragt. Sie erklärte, dass Miss Hillman sie weggeschickt hätte und sie sich deshalb nicht mehr mit ihr befasst habe. Darum könne sie nicht sagen, ob im Zimmer der Toten etwas fehle.

Der Chauffeur berichtete die ganze Zeit von den vorgefahrenen Autos, den Kennzeichen und den interessanten Automarken. Er hatte nur den Hinweis beizusteuern, dass er eigentlich nichts wusste. Inspector Greenwood sah mit aufgestütztem Kopf genervt zu seinem übereifrigen Constable, der sämtliche Automarken notierte.

Phillis konnte überhaupt keine Neuigkeiten beisteuern, weil sie entweder meistens in der Küche bei Mrs Porkpie war oder in ihrem Zimmer. Während des Empfangs am Vortag hatte sie nichts bemerkt. Dafür machte sie dem Constable schöne Augen und musste von Beanstock wieder einmal getadelt werden. Nachdem Phillis mit einem Knicks gegangen war, erschien Mr Van Horten in der Tür und verlangte endlich vernommen zu werden, denn er hätte andere Dinge zu erledigen, als hier in der Halle mit dem Personal warten zu müssen. Das allein erschien für ihn schon unhaltbar.

Der Inspector bat ihn herein und Beanstock schloss die Tür mit einem kurzen Blick in die Halle. Dort wartete nur noch Bernice. In diesem kurzen Moment sah er sie auf und ab gehen. Sie murmelte etwas vor sich hin und schien ganz in ihren Gedanken versunken.

Mr Van Horten wartete nicht auf die Fragen des Inspectors. „Ich bin Gast in diesem Haus und habe Miss Hillman noch niemals zuvor gesehen. Das erste Mal am Abend vor dem Empfang und auch nur kurz. Sie zog sich zurück, da es ihr nicht gut ging. Wenn ich mich nicht irre Inspector waren Sie doch anwesend am Samstag und müssen von mir nicht noch eine Schilderung dieser langweiligen Geschichte erhalten. Außerdem bin ich nur hier, um mit Lady Fedora über ihr Buch zu reden. Gestern war ich frühzeitig in meinem Zimmer, habe geschlafen, da ich heute zurück nach London fahren wollte. Ich habe nichts Ungewöhnliches gehört. Wenn Sie noch etwas wünschen, muss ich Sie an meinen Londoner Anwalt verweisen."

Der Constable bewegte seine verkrampften Schreibfinger hin und her. Er war kaum mitgekommen. Beanstock hatte erstaunt zugehört. Mr Van Horten hatte sich da eine gute Geschichte zurechtgelegt.

Inspector Greenwood lächelte. „Nun, vielen Dank, wenn noch etwas ist, werde ich mich an Sie wenden." Der Verleger erhob sich und verließ schnell die Bibliothek. Beanstock blickte interessiert zu dem Inspector, um herauszufinden, ob er es genauso seltsam fand. Aber er konnte keine Reaktion entdecken.

Bernice war, außer Beanstock selbst, die letzte vom Personal. Beanstock übernahm es, sie zu rufen. Als er in die Halle sah, bemerkte er Mr Van Horten bei dem Hausmädchen. Er sah zornig aus. Der Butler rief nach Bernice, die sofort angelaufen kam und sich dabei unruhig umsah.

„Alles in Ordnung mit Ihnen?", fragte er sie besorgt. Aber das Mädchen wich ihm aus und setzte sich auf den Stuhl vor dem Inspector.

„Also, Bernice, Sie sind hier das Hausmädchen. Erzählen Sie mal, wo Sie heute Morgen und gestern Abend waren. Sagen wir, nachdem der Empfang beendet war. Ich denke, diesen Empfang können wir wohl ignorieren. Ich war ebenfalls dort und habe nichts Außergewöhnliches bemerkt." Beanstock schien es, als würde Bernice erfreut aufatmen, als der Inspector dies sagte. Sie gab zu Protokoll, alles wäre wie immer gewesen und um zweiundzwanzig Uhr sei sie zu Bett gegangen. Da der Butler Bernice und Filomena gehört hatte, konnte das bestätigt werden. Heute Morgen habe sie auf Anweisung Lady Fedoras nach den Gardinen im Zimmer Miss Hillmans sehen sollen und sie dort auf dem Boden vorgefunden. Sie habe nach dem Butler geklingelt und wurde dann später aus dem Zimmer gewiesen. Mehr könne sie zu der Angelegenheit nicht sagen. Der Inspector ließ das Hausmädchen gehen. Nun fehlte Beanstocks Aussage.

„Der Abend ist wie erwartet verlaufen. Die Gäste der Baronets gingen nach dem Dinner früh schlafen und ihre Ladyschaft und Sir Percival ebenso. Die Aufräumarbeiten waren erledigt und ich begab mich in meinen Raum. Dort hörte ich nicht nur das Schnarchen des Knechtes, sondern ich hörte auch Filomena und Bernice schwatzend hinaufkommen. Ich ging zu Bett, um noch etwas zu lesen. So gegen dreiundzwanzig Uhr wurde ich von My Lady durch die Klingel in meinem Zimmer gerufen. Ich zog mich schnellstens an. Lady Fedora war im Zimmer von Miss Hillman, die sehr aufgebracht schien. Sie bat um eine Schlaftablette aus dem Medizinschrank. Ich holte das Gewünschte."

Bei diesem Teil der Geschichte fiel dem Butler auf, wie der Inspector und sein Constable einen Blick tauschten.

Beanstock fuhr fort. „Danach überprüfte ich nochmals die ordnungsgemäß geschlossene Eingangstür und begab mich zurück in mein Zimmer. Bernice fand heute Morgen dann Miss Hillman und ich ließ Dr. Winterbottom rufen."

Inspector Greenwood erhob sich.

„Und Sie haben auch keinerlei Einbruchsspuren bemerkt, als Sie heute Morgen herunterkamen?" Beanstock verneinte dies.

Die Baronets würde er im Salon befragen, meinte der Inspector kurz. Lady Fedora saß zusammengesunken in einem der bunten Sessel. Als der Inspector erschien, verkrampften sich ihre Hände ineinander.

„Lady Fedora, wie ich hörte, gaben Sie Miss Hillman gestern Abend eine Schlaftablette. Ist das richtig?" My Lady nickte verwirrt.

„Und Sie haben heute Morgen ihr Hausmädchen veranlasst nach Miss Hillman zu sehen? Ist das ebenfalls korrekt?" My Lady nickte erneut.

Beanstock konnte sich in diesem Moment schon denken, wohin das führen sollte und unterbrach den Inspector.

„Wollen Sie andeuten, dass diese Tablette zum Tod der jungen Dame führte? Und das My Lady das Mädchen bewusst hinaufgeschickt hätte? Das kann nicht Ihr Ernst sein. Es war eine einfache normale leichte Schlaftablette. Wir haben hier keine hochdosierten Medikamente im Haus. Ich habe diese Tablette direkt aus der Verpackung My Lady gegeben. Und die Gardine hatte sich außen am Fenster verhakt. Deshalb ging Bernice hinauf."

Lady Fedora wurde extrem blass. Sir Percival beobachtete seine Frau beunruhigt. „Sie meinen, sie hätte unserem Patenkind etwas antun wollen? Wie können Sie so etwas behaupten!" erklärte er mit heiserer Stimme.

Der Inspector hob abwehrend die Hände. „Aber nein, bitte regen Sie sich nicht auf. Ich behaupte noch gar nichts. Wir müssen natürlich den Obduktionsbericht abwarten. Aber bitte verstehen Sie, dass ich in alle Richtungen untersuchen muss. Ich bitte alle Anwesenden, sich bis zur Aufklärung der Todesursache zur Verfügung zu halten", erwiderte der Inspector.

Der Leiter der Spurensicherung kam aus der oberen Etage und meldete, dass sie fertig wären. Er übergab dem Inspector eine beschriftete Tüte. Die Leiche des Filmstars war bereits abgeholt worden.

„Wussten Sie, dass Miss Hillman Drogen nahm?", fragte Inspector Greenwood in die Runde und hielt die Tüte der Spurensicherung hoch. Lady Fedora schüttelte erschüttert den Kopf.

„Dieses unscheinbare weiße Pulver hat schon so manchem Unglück gebracht.

Sieht man dem Zeug gar nicht an. Nun wir werden sehen", sinnierte er leise und steckte die Tüte in die Tasche seiner Jacke.

Vor dem Haus hörte man das Quietschen von Bremsen. Die Vordertür wurde aufgerissen und schnelle Schritte kamen näher. In der Tür zum Salon stand Mr Divari mit weit aufgerissenen Augen. „Das ist doch bestimmt ein Irrtum oder, Sir Percival? Sagen Sie mir, dass es nicht wahr ist. Es ging ihr doch gestern gut? War sie denn so krank?" Er ließ sich beim Anblick der verweinten Augen Lady Fedoras erschüttert in einen Sessel sinken.

„Unglaublich, wie in diesem Ort der Buschfunk funktioniert", murmelte Inspector Greenwood. „Die Todesursache ist noch

ungeklärt. In welcher Beziehung standen Sie zu der Verstorbenen?“, fragte er interessiert.
Der Inder sah auf und Tränen glänzten in seinen Augen.
„Wir waren einst heimlich verlobt. Das ist sehr lange her und eine traurige Geschichte. Ich habe mit Priscilla am Tag des Empfangs gesprochen und ihr versichert, dass ich sie noch immer liebe und verehre. Ich habe versucht zu erklären, warum es damals mit uns nicht geklappt hatte. Meine Familie hatte mich gezwungen, die Verlobung zu lösen. Wir waren noch viel zu jung und dumm. Wie anders wäre unser beider Leben verlaufen, wenn ich mutiger gewesen wäre. Aber sie machte mir gestern unmissverständlich klar, dass sie mich längst vergessen hätte.“

Er stützte sein Gesicht in beide Hände und schluchzte. „Wie konnte das nur passieren?“, fragte der Inder und blickte bestürzt in die Runde.

Sir Percival sah kurz zu seinem Butler und gab ihm zu verstehen, Tee bringen zu lassen. Beanstock verneigte sich kurz und ging. In seinem Kopf flogen die Gedanken herum, wie aufgescheuchte Schmetterlinge. Er musste Ordnung im Chaos schaffen. Das war nun wohl seine Aufgabe. Er durfte es nicht dem Inspector überlassen. Das wurde Beanstock nur zu gut klar. Sonst wäre es nur eine Frage der Zeit, dass ein Unschuldiger angeklagt und gehängt werden würde. Er hatte das unbestimmte Gefühl, dass der Empfang nicht so unschuldig abgelaufen war, wie der Inspector annahm. Aber seinen Hinweis dahingehend hatte dieser ignoriert. Er nahm sich vor mit jedem Gast des Empfangs zu reden und vor allem nochmals mit dem Personal. Irgendjemand musste etwas wissen, auch wenn es demjenigen vielleicht noch nicht klar war. Und zu allererst musste er der Hausdame erklären, dass es nun keine Zeit mehr für Geheimnisse gab.

Als er die Küche betrat, herrschte zum ersten Mal eine Ruhe, die ihm an jedem anderen Tag himmlisch erschienen wäre. Aber heute wirkte diese ratlose Stille bedrückend. Noch nicht einmal Gonzales war zu einem seiner berühmten Scherze aufgelegt. Mrs Porkpie wischte sich ständig mit einem Taschentuch über die Augen und Bernice und Phillis standen steif und blass in der Ecke.

„Phillis, Tee wird benötigt.“ Das Küchenmädchen nahm leise den Tee und die silberne Kanne aus dem Schrank.

„Wo befindet sich Mrs Argyle?“, fragte der Butler in die Runde.

„Sie ist in ihrem Büro, Sir“, murmelte Gonzales.

„Bernice, Sie werden den Herrschaften servieren. Wir benötigen sechs Tassen. Fühlen Sie sich dazu in der Lage?“ Sie nickte.

„Gutes Mädchen.“ Mit diesen Worten ging der Butler aus der Küche in den angrenzenden Flur und klopfte an der Tür zu dem Büro der Hausdame.

„Herein“, schallte durch die Tür.

Beanstock betrat den Raum und schloss die Tür sorgfältig hinter sich. Er wollte sicher sein, dass niemand etwas von ihrem Gespräch mithörte.

„Ich habe Sie bereits erwartet“, sagte Mrs Argyle und erhob sich von ihrem Stuhl vor dem Sekretär. Sie hatte den Stapel vergilbter Briefe in der Hand, obenauf der Brief, der sie so verunsichert hatte.

„Nun, Mrs Argyle, ich denke Sie sollten mich informieren. Es besteht Gefahr für unsere Ladyschaft. Der Inspector verdächtigt tatsächlich Lady Fedora.“

Die Hausdame machte ein erschrecktes Gesicht und setzte sich sofort wieder.

„Das ist doch wohl nicht sein Ernst oder?“

„Sie müssen mir jetzt reinen Wein einschenken. Ich verspreche, diskret mit den Informationen umzugehen und Sie nicht in Gefahr zu bringen.“ Beanstock zog sich einen Stuhl heran und setzte sich.

„Sagt Ihnen das Kürzel MI6 etwas?“ Beanstock nickte. Sie zögerte, als wolle sie ihre Gedanken sammeln. „Bevor ich damals nach Parsley Manor kam, habe ich für einen alleinstehenden Herrn gearbeitet. Er hieß Kim Philby. Wie soll ich ihn beschreiben? Sagen wir, er hatte viele Geheimnisse. Er arbeitete für den Geheimdienst seiner Majestät sozusagen. Ich war damals jung und dumm und ließ mich auf etwas ein, dass Sie sicher verurteilen. Ich kam meinem Arbeitgeber sehr nah.“ Sie schluckte und sah auf ihre Hände herab, die sie wie einen Hefeteig knetete.

„Nun, wenn man mit einem Menschen intimer verkehrt, bekommt man auch das ein oder andere mit, was nicht für die Ohren Außenstehender bestimmt ist. Vor allem nicht für eine Angestellte, die ich ja nun einmal war. Er hatte 1930 in Cambridge studiert und immer noch weitreichende Beziehungen dorthin. Eines Tages bekam er Besuch von einem ehemaligen Kommilitonen. Es handelte sich um Mr Van Horten.“ Sie sah Beanstock kurz schweigend an.

„Aber, nun ja...“, sie stockte.

„Mrs Argyle, ich versichere Ihnen, ich werde niemandem etwas verraten. Außerdem steht mir in keinem Maße ein Urteil zu. Wenn Sie denken, dass irgendetwas meine hohe Meinung, die ich von Ihrer Person habe, ändern könnte, befinden Sie sich im Irrtum. Bitte reden Sie weiter.“

Sie nickte und wischte sich eine Träne aus den Augen. „Er stellte sich mit einem anderen Namen vor. Ich kann mich erinnern, als ob es heute wäre. Er war damals schon dieser arrogante Mensch. Entschuldigen Sie, Mr Beanstock. Er hieß damals Dr. Richard Mc Lean und arbeitete nach seinem Studium in Cambridge als Psychiater in *Bedlam*. Haben Sie davon gehört?"

Der Butler bekam enge Augenschlitze vor Anstrengung. „Ich kenne es unter dem offiziellen Namen *Bethlehem Royal Hospital*, aber ja ich habe davon gehört. Die Zustände waren in früheren Zeiten teils sehr schlimm dort."

Die Hausdame nickte. „Jedenfalls war mein damaliger Arbeitgeber nicht sehr erfreut, ihn zu sehen. Ich habe Streit gehört und die lauten Stimmen waren unüberhörbar. Es ging um Experimente in der Klinik und es ging um Kriegsdinge. Dr. Mc Lean legte Unterlagen über seine Forschung mit einer chemischen Waffe vor. Es fiel das Wort Russland. Als ich nachfragte, ob das Essen serviert werden könne, sah ich das blasse Gesicht meines Arbeitgebers. Der Gast hatte das Haus bereits verlassen. Dann ging alles sehr schnell. Er riet mir, sofort meine Sachen zu packen. Er begab sich in sein Schlafzimmer und packte ebenfalls so schnell es ging. Die ganze Sache dauerte vielleicht fünfzehn Minuten. Ich war vollkommen ratlos. Er gab mir Geld, riet mir in ein Hotel zu gehen und danach London zu verlassen. Das war 1944. Ich hörte lange Zeit nichts mehr von ihm. Glücklicherweise bekam ich die Möglichkeit hier bei den Baronets ein neues Leben zu beginnen. Dann kamen diese Briefe." Mrs Argyle gab dem Butler den Stapel vergilbter Umschläge und Beanstock sah auf dem Stempel kyrillische Buchstaben.

„Er hat sich nach Russland abgesetzt? War er ein Doppelagent?" Dem Butler versagte vor Erstaunen fast die Stimme.

Mrs Argyle nickte. „Er gehörte zu einer Gruppe, die sich, wie man vermutet, in Cambridge während des Studiums zusammenfand. Niemand weiß, wer noch darin verwickelt war. Jedenfalls gehörte der Doktor dazu und experimentierte nicht nur für England. Dieser Brief, den ich bekam, wurde hier in England abgeschickt. Er ist also wieder zurück. Er hat mit allem gebrochen und versucht ein normales Leben zu führen. Ich bitte Sie, seinen Namen nicht zu erwähnen. Er warnte mich vor dem Doktor. Seine Kontakte sind immer noch aktiv und er wusste, dass er der Verleger ihrer Ladyschaft ist. Darum wollte er mich warnen vor Mr Van Horten, der ein wirklich böser Mann und unberechenbar ist. Aber dieser arrogante Mensch hat mich zum Glück nicht wieder erkannt. Damals arbeitete Philby für das MI6 als Verbindungsmann zur BBC. In einem seiner Briefe erklärte er mir, warum alles so schnell gehen musste. Doktor Mc Lean und sein Bruder Donald Mc Lean wollten brisante Forschungsergebnisse an die Russen verkaufen und Kim war damit alles andere als einverstanden. Er wusste auch, dass der Doktor verbotenerweise an seinen Patienten Versuche mit irgendwelchen Mitteln machte, die für die Kriegsführung brisant werden könnten. Kim war einfach da hinein geraten und nun konnte er nicht zurück. Aber er wusste auch, dass es nur noch eine Frage der Zeit war, bis die Sache aufflog und deshalb setzte er sich ab. Der Zufall ist doch ein gemeiner Teufel oder? Ausgerechnet hier auf dem Lande findet mich meine Vergangenheit."

Die Hausdame seufzte. „Denken Sie, ich hätte es Ihnen früher sagen sollen? Aber ich kann mir nicht denken, dass Van Horten in den Mord verwickelt ist, oder? Er kannte doch Miss Hillman gar nicht?"

Beanstock erhob sich.

„Ich kann noch nichts dazu sagen. Dann besteht auch noch die Frage, ob man Mr Van Horten nicht der Spionageabwehr melden sollte. Das würde aber bedeuten, dass Sie, meine liebe Mrs Argyle, hineingezogen werden. Dazu bin ich nicht bereit. Zuerst muss ich die Fakten klären und abwarten, was die Obduktion ergibt. Wenn ich es von diesem Polizisten erfahre, heißt das. Dann wissen wir mehr. Sie trifft keinerlei Schuld Mrs Argyle. Machen Sie sich keine Sorgen. Haben Sie eigentlich jemals zurückgeschrieben?"

„Niemals, das stand außer Frage. Ich hatte auch keine Adresse. Warum er immer noch an mich denkt, ist mir nicht klar."

„Mir eigentlich schon, meine gute Mrs Argyle."

Damit verließ Beanstock die frustrierte Hausdame und begab sich in den Salon. Phillis und Bernice hatten inzwischen alle Anwesenden mit Tee versorgt und Beanstock schickte sie nun zurück in den Dienstbotenbereich.

8. Das kleine glänzende Ding

Wie schön es glänzte. Wenn sie es gegen das Licht der Taschenlampe hielt, sah sie die wunderschönen feinen Linien auf der Oberseite. Sie wusste, dass sie es nicht behalten durfte, aber nur einen Augenblick wollte sie sich fühlen, wie eine feine Dame oder ein Filmstar.

Vorsichtig öffnete sie den Deckel. Im Inneren lagen stark duftende Zigaretten, wie kleine weiße Finger mit einer Goldkappe. Sie hielt sie sich vor das Gesicht, ganz nah und schnupperte lächelnd daran. Ein leichter Duft nach *Shalimar*, einem berühmten, nach Vanille duftenden Parfüm, entströmte dem Etui. Sie kannte diesen Duft. Der Filmstar hatte ihn getragen und sie erinnerte sich an den wunderschönen grünlichen Flakon auf ihrem Schminktisch.

Dann sah sie sich die Innenseite des Etuis genauer an. Mit einer sehr feinen Schrift stand dort eingeprägt: *Für meine angebetete I.H. von E.F.* So etwas hatte sie noch nie besessen. Es fiel ihr nicht leicht, wenn sie daran dachte, es weggeben zu müssen.

Ein Geräusch in ihrer Nähe erschreckte sie. Schnell sah sie hinter dem Baum hervor. Sie konnte niemanden sehen. Dann hörte sie von der anderen Seite ein lautes Knacken, als ob jemand auf einen trockenen Ast getreten war. Sie sah hinauf zum Haus, dass ihr plötzlich dunkel und abweisend schien.

Sie schloss das kleine glänzende Ding und wollte es zurück in die Schachtel legen, zu den anderen Dingen, die sie dort vor den neugierigen Blicken der anderen verbarg. Der tiefe Spalt in dem alten Kastanienbaum bewahrte ihr Geheimnis zuverlässig. Vor allem Filomena wollte immer alles ganz genau wissen und löcherte sie mit ihren Fragen. Aber dieses Versteck war nur ihr Geheimnis.

Sie besann sich kurz und öffnete das Etui erneut. Was wäre so schlimm, wenn sie noch eine Zigarette probieren würde. Die Erste hatte wunderbar geschmeckt.
Vier waren noch übrig. Es würde nicht auffallen. Niemand würde merken, dass etwas fehlte. Und sie könnte den Duft einer Welt kennenlernen, die ihr niemals offen stehen würde.

Nachdem sie eine Zigarette vorsichtig entnommen hatte, steckte sie das Etui zu ihren anderen Schätzen in die verblichene Holzschachtel mit der dunkelroten Rose auf dem Deckel. Sorgfältig ließ sie den Verschluss einrasten. Dort lag es neben einem seidenen Tuch, dem einzigen Erinnerungsstück an ihre Mutter, einer Eintrittskarte für eine Kinovorstellung, einem schwarzen breiten Samtband, einem rostigen Schlüssel und einem rosafarbenen billigen Ring aus einem Bonbonautomaten.

Wenn alles gut lief, so wie sie es sich erträumte, dann würde sie bald keine Böden mehr scheuern oder Tee servieren müssen. Sie würde nach London gehen und dort gut leben können. Sie versuchte sich vorzustellen, wie es sein würde, eine eigene kleine Wohnung zu haben und in den Tag hinein zu leben. Es wäre um so viel besser als die verlorenen Jahre bei ihrer Tante, die sie täglich hatte spüren lassen, dass sie unerwünscht gewesen war und es nur ihrem Großmut verdankte, nicht ins Waisenhaus zu müssen.

Parsley Manor war nicht die schlechteste Arbeitsstelle, aber sie wollte endlich unabhängig sein. Keine Befehle mehr befolgen. Sie hustete leicht. Im Haus durften die Dienstboten natürlich auch nicht rauchen.

Manchmal stahl sie sich heimlich zu Gonzales, der für sie immer eine von diesen furchtbar starken spanischen Zigarillos übrig hatte. Wie sie beim ersten Mal gehustet hatte. Bei diesem Gedanken musste sie lächeln.

Sie nahm die Streichhölzer aus ihrer Schürzentasche und setzte sich wieder mit dem Rücken an den Stamm ihres Baumversteckes.

Tief zog sie den Rauch in ihre Lungen. Auch dieses Mal musste sie husten, aber das waren nur die ersten Züge, dann würde es besser werden. Sie sah zum dunklen Sternenhimmel und stellte sich ihr neues Leben in den buntesten Farben vor.

Ein Käuzchen rief eine Warnung an die Mäuse der Umgebung in die Nacht und machte sich für den abendlichen Beutezug bereit. Neben Bernice raschelte es.

Aber sie war so müde. Das Atmen fiel ihr plötzlich schwer. Bekam sie etwa Fieber? Ihre Augen brannten. Das war sicher der ungewohnte Rauch. Ihr wurde furchtbar übel und ihr Puls raste.

Sie konnte nicht mehr aufstehen und sie konnte nicht mehr schreien. Ihre Augen wurden langsam leblos. Das Letzte, was sie dachte war, dass es ein Fehler gewesen war, zu meinen, sie könnte diesem Leben entkommen.

Zu spät dachte sie daran, dass sie dem Butler hätte melden sollen, was sie an jenem Tag beim Empfang beobachtet hatte. Der größte ihrer Fehler aber war es wohl, zu glauben, sie würde dieses kleine glänzende Ding ohne Konsequenzen nehmen können.

Der Gärtner öffnete glücklich lächelnd die Tür zum Garten, atmete tief die reine Morgenluft und machte sich auf den Weg in die Küche zu einem guten Frühstück. Bei dem Gedanken an Mrs Porkpies frische Rosinenscones rieb er sich vergnügt die Hände. Mortecai kam hinter ihm aus der Tür. Er gähnte und streckte sich ausgiebig, um dann schnellstens seinem Freund und Futterlieferanten zu folgen.

Als Mr Herringbone den alten Obstgarten durchquerte, wunderte er sich sehr. Warum saß Bernice um diese Zeit unter einem Baum im Garten. Als er näher kam, um zu sehen, ob sie vielleicht eingeschlafen war, bemerkte er ihre großen aufgerissenen leblosen Augen und ihr weißliches Gesicht.

„Oh mein Gott, dieses arme junge Ding“, entfuhr es ihm. Mortecai kam hinter seinem Rücken hervor und wollte an dem Mädchen schnuppern. Der Gärtner nahm ihn auf den Arm und ging schnell zur hinteren Küchentür.

Mrs Argyle ließ sofort Mr Beanstock rufen, der sich noch in seinem Zimmer aufhielt und seiner Musik lauschte. Als er den Baum erreichte, standen bereits sämtliche Dienstboten dort im Kreis. Mrs Arbuckle schluchzte und rieb sich die Augen rot. Der Butler beugte sich über Bernice und schloss ihre offenen leeren Augen. Dann scheuchte er mit einer Bewegung alle ins Haus.

„Sie bleiben hier Mr Harrison, falls es Ihnen unter diesen Umständen nichts ausmacht. Ich muss Sir Percival informieren und erneut die Polizei benachrichtigen“, richtete sich Beanstock an den Knecht. Harrison nickte betreten und versuchte sich angemessen neben Bernice zu stellen. Er versuchte es links, dann rechts, mit verschränkten Armen und lockeren Armen an der Seite. Er wurde immer unsicherer. Beanstock beobachtete sein Treiben eine Weile.

„Harrison, stellen Sie sich einfach dort drüben locker hin und denken Sie an nichts“

„Wie denkt man denn an nichts, Mr Beanstock?“

Der Butler wollte sich einfach umdrehen und ins Haus gehen, um einen neuerlichen Todesfall zu melden, als er einen Fleck bemerkte. Er beugte sich über das Mädchen und sah es sich genauer an. Dort wo die Hand auf ihrem Schoss ruhte, war ein kleiner runder Brandfleck in der Schürze. Sie war vielleicht noch einmal hinausgegangen um zu rauchen, versuchte der Butler es sich zu erklären. Er sah sich im Umkreis der Toten nach einem Zigarettenstummel um.

Nichts.

Das würde die Spurensicherung sicher herausbekommen, hoffte Beanstock. Trotzdem würde er den Inspector auf den Brandfleck hinweisen. Auch wenn dieser noch so zornig werden würde. Nachdem er die Polizeistation angerufen hatte, rief er nach Filomena Arbuckle. Sie stiegen gemeinsam in die erste Etage hinauf und der Butler klopfte leise an der Tür zum Schlafzimmer der Baronets.

Der leicht verwuschelte Kopf Sir Percivals erschien kurz darauf.

„Leise, bitte, sie schläft endlich. Ich konnte sie gestern Abend kaum beruhigen“, flüsterte Sir Percival und warf einen besorgten Blick zu seiner Frau, die blass und mitgenommen in dem großen Bett lag.

„Was ist denn los? Wie spät ist es, Beanstock?“

„Entschuldigen Sie Sir, es ist 6.30 Uhr, ich muss Sie davon in Kenntnis setzen, dass wir eine neue Leiche haben.“

„Was? Wie bitte? Wer?“, raunte Sir Percival so leise er konnte.

„Es ist Bernice, sie liegt im Obstgarten hinter dem Haus. Ich habe bereits die nötigen Schritte eingeleitet“, erklärte der Butler.

Sir Percival wischte sich kalten Schweiß von der Stirn.

„Oh mein Gott, was passiert hier, das arme junge Ding nun auch noch.“

In der Tür erschien, wie ein blasser Geist, Lady Fedora.

„Ich habe es gehört. Gib dir keine Mühe mehr Darling. Wer spielt hier so ein bösartiges Spiel mit uns, Beanstock?“

„My Lady, ich weiß es noch nicht, aber ich werde mich nach besten Kräften bemühen. Ich habe Ihnen Filomena mitgebracht, damit Sie Ihnen behilflich sein kann.“ Die Zofe ging in das Schlafzimmer und nahm den Arm Lady Fedoras, die aussah, als ob sie sich nicht mehr auf den Beinen halten könne. Sir Percival begab sich in sein Ankleidezimmer.

Beanstock hörte bereits das penetrante Lärmen des Polizeiwagens. Na wunderbar, nun würden sämtliche Bewohner von Parsley Field wissen, dass es wieder etwas bei den Baronets gegeben hatte. Es würde ihn nicht wundern, wenn nicht nur der Postbote heute zufälligerweise früher erschien, sondern auch noch andere Bewohner des Ortes. Und dann war ja da auch noch die Sache mit der Presse. Vor allem der Tod des Filmstars würde in allen makabren Einzelheiten ausgeschlachtet werden. Gestern hatte er schon etliche Anrufe annehmen müssen, die darauf zielten, ihn auszuhorchen. Es war nur eine Frage der Zeit, bis hier Kolonnen von Presseleuten erschienen. Aber diese unnötige Aufregung für seine Herrschaft würde er zu gegebener Zeit zu verhindern wissen. Sollten sie nur kommen, diese sensationslustigen Aasgeier.

Der Dienstwagen der Polizeistation Parsley Field hielt mit quietschenden Bremsen vor dem Eingang.

Was würde dem Inspector wohl dieses Mal zu diesem neuen Mord einfallen?

Der Butler zog seine Weste und Jacke zurecht und machte sich auf den erneuten Besuch des Inspectors und seines übereifrig schreibenden Constables bereit.

9. Gift

Nachdem wieder einmal die Bewohner des Hauses Parsley Manor befragt worden waren, hatte der Inspector, im Beisein des Butlers, den Baronets Parsley erklärt, dass laut Obduktionsbericht für den Tod Miss Hillmans nur ein Gift in Frage kommen würde. Also würde nun ein Mord untersucht und kein Unfall.

Welches Gift benutzt worden war, könne der Rechtsmediziner noch nicht sagen. Es wären noch einige Untersuchungen nötig. Aber es liefe auf ein Gift hinaus, das eingeatmet worden wäre, da man nichts im Magen, aber sehr viel in der Lunge und im Blut nachweisen könne. Miss Hillman sei letztendlich an akutem Atemstillstand gestorben.

Lady Fedora schloss voller Schmerz die Augen.

„Das arme Kind. Was für ein furchtbarer Tod."

Die untersuchten Tabletten, das Essen und der Magen Inga Hillmans brachten keinerlei Giftnachweis, erklärte der Inspector weiter, aber der Zustand des Lungengewebes ließ eindeutig auf Gift schließen. Der Rechtsmediziner war sich sicher. Somit wäre man wieder am Anfang mit den Ermittlungen.

„Ich habe trotzdem unseren Anwalt in London unterrichtet. Er wird von uns in den nächsten Stunden erwartet", unterrichtete Sir Percival den Inspector.

„Wie Sie meinen, aber ich sehe im Moment keine Verdachtsmomente gegen Lady Fedora mehr. Nun müssen wir den Bericht des Rechtsmediziners in Bezug auf das Hausmädchen abwarten. Außerdem möchte ich Sie bitten, uns zu erlauben, das

Haus nochmals zu durchsuchen. Wir wissen zwar noch nicht, welcher Art das Gift war, aber ich möchte sämtliche Möglichkeiten im Vorfeld abwägen. Das bedeutet, die Vorräte an Rattengift, die Pflanzengiftvorräte des Gärtners etc.", versetzte Inspector Greenwood und erhob sich. Ein nervöser Seitenblick streifte seinen eifrigen Constable, der wie ein Besessener schrieb.

„Donegal, Sie sollten nur ...", er unterbrach sich, als er sah, wie sein Constable weiter schrieb und verdrehte die Augen.

Lady Fedora erhob sich mühsam.

„Inspector, ich nehme Ihnen nicht übel, dass Sie mich angeklagt haben. Es ist Ihr Job. Wir erlauben Ihnen gern alles zu untersuchen, was sie für nötig halten. Auch wenn ich jetzt schon weiß, dass unser Anwalt das nicht empfehlen würde. Aber wir haben hier nichts zu verbergen.

Wann können wir Priscilla Hillman zur letzten Ruhe betten? Wir werden die Beerdigung übernehmen. Sie hatte doch niemanden sonst. Ihre Tante in London starb vor drei Jahren und es wäre schön, wenn das Kind hier bei ihren Eltern und ihrer Schwester begraben werden könnte."

Der Inspector nickte zustimmend.

„Ich werde Sie informieren, wenn der Rechtsmediziner fertig ist, My Lady."

Er nickte den Anwesenden zu.

Danach ging er in den Obstgarten, um den neuen Tatort nochmals zu begutachten.

Sir Percival griff nach der Hand seiner Frau und streichelte sie zart.

„Beanstock, lassen Sie bitte Tee bringen. Und schicken Sie Mrs Argyle zu uns. Sie hat Bernice eingestellt und müsste doch etwas über ihre Angehörigen wissen. Wir sollten uns darum kümmern, bevor es die Polizei tut. Meinen Sie nicht?“

„Natürlich, Sir, ich werde mich sofort darum bemühen.“

Der Butler betrat die Küche in der betretenes Schweigen herrschte. Herringbone hatte sich nach der Befragung durch die Polizei in sein Gewächshaus zurückgezogen.

Mrs Porkpie stand mit dem Rücken an ihrem Herd und schüttelte ununterbrochen leicht den Kopf, als würde sie versuchen ein schwieriges Problem lösen zu wollen. Filomena umarmte Phillis, die nicht aufhören konnte zu weinen. Gonzales war in der Garage und versuchte scheinbar durch lautes Poltern mit seinem Werkzeug zu verstehen, warum die süße Bernice nun für immer fort sein würde.

Am Tisch saß Harrison. Seine großen kräftigen Hände zitterten.

„Ist das Mädchen bereits abgeholt worden“, fragte Beanstock den Knecht, während er selbst Wasser für den Tee aufsetzte.

Harrison nickte wortlos.

Während das Wasser auf dem Herd stand, klopfte Beanstock an dem Zimmer der Hausdame.

Sie öffnete und nickte ihm wissend zu.

„Ich habe die Unterlagen herausgesucht, die Bernice betreffen. Ich dachte mir, dass wir sie brauchen werden.“

Der Butler schickte sie mit den Papieren zu den Baronets und wollte sich dann wieder um den Tee kümmern. Als er in die Küche kam, hatte Phillis bereits alles vorbereitet und das Tablett mit dem Tee bereitgestellt. Der Butler nickte ihr dankend zu und ging dann mit dem Tablett in den Salon.

In der Halle sah er Mr Van Horten am Telefon sprechen. Er klang sehr ungehalten. Als er den Butler kommen hörte, legte er auf und ging ohne sich umzusehen die Treppe hinauf zu den Schlafzimmern.

Sehr eigenartig, überlegte der Butler, aber das könnte auch ein ganz einfach zu erklärendes Telefongespräch gewesen sein. Vielleicht hatte der Verleger mit einem seiner Angestellten in London gesprochen.

Er durfte nicht jeden Schritt dieses Mannes werten. Er sollte auf jeden Fall unvoreingenommen an die Sache herangehen. Beanstock musste etwas unternehmen. Er konnte nicht länger warten. Sein kriminalistisches Gespür sagte ihm, dass er mit seinen Nachforschungen bei den Gästen des Empfangs beginnen sollte. Irgendetwas musste an diesem Tag geschehen sein, dass diese unsägliche Geschichte ausgelöst hatte.

Er nahm sich vor, Sir Percival um den Wagen zu bitten. Lady Fedora wollte er nicht damit belästigen.

Nach dem Tee begab sich Sir Percival in seine geliebte Bibliothek.

Beanstock klopfte.

Sir Percival saß in dem großen Ledersessel und las in einem seiner großen alten Historienbücher. Neben ihm Junior, den Kopf auf dem Knie des Baronets, als würde er spüren, dass es Ärger gegeben hatte und er ihn trösten müsse.

Sir Percival kraulte ihm gedankenverloren den Kopf.

„Wohin wollen Sie fahren, mein guter Beanstock?", fragte der Baronet.

Der Butler wollte seinem Arbeitgeber nicht gern sagen, was er vorhatte, aber eine Lüge kam erst recht nicht in Frage.

„Nun, Sir, ich würde gern einigen Leuten ein paar einfache Fragen stellen."

„Mh, was meinen Sie denn herauszubekommen? Sie wollen doch nicht etwa dem Inspector in die Quere kommen? Beanstock, ich weiß nicht, eine verschwundene Flasche Burgunder und ein verlorener Füllfederhalter ist etwas anderes als ein Mord. Und nun sind es bereits zwei Todesfälle. Ihr kriminalistischer Spürsinn in allen Ehren, aber das erscheint mir gefährlich zu sein und ich möchte nicht noch mehr Ärger mit dem Inspector. Aber vor allem möchte ich Sie nicht einer Gefahr ausgesetzt sehen. Wir wissen nicht, ob hier nicht ein Verrückter sein Unwesen treibt. Wen wollen Sie denn befragen?"

Beanstock fühlte sich unwohl in seiner Haut. Er holte tief Luft.

„Ich möchte etwas über diesen eigenartigen Empfang herausbekommen. Ich hoffe etwas Licht in die Sache zu bringen. Irgendjemand muss doch etwas gesehen haben."

„Sie meinen also, auf dem Empfang wäre etwas vorgefallen? Aber ich war auch dort und habe nichts bemerkt. Es war doch ganz lustig, oder? Also ich habe mit Lord Southcoffelton über die anstehende Jagdsaison und über seine Hundezucht gesprochen. Nicht wahr, Junior, mein Guter?", wandte er sich mit einem lächelnden Blick an seinen Hund. Der Beagle wedelte zur Bestätigung mit dem Schwanz.

„Bei allem Respekt, Sir, aber es war am gestrigen Tag nicht wirklich sehr fröhliche Stimmung bei den Gästen zu bemerken. Ausgenommen vielleicht Lord und Lady Southcoffelton. Es lag eine eigenartige Spannung in der Luft, die ich mir nicht erklären konnte. Um einige Dinge klarer zu sehen, würde ich gern die Gäste befragen und dafür Gonzales mit dem Wagen nutzen. Wenn Sie nichts einzuwenden haben, Sir."

Sir Percival stand gemächlich auf und nickte ihm zu.

„Ich danke Ihnen für ihr Engagement Beanstock. Bitte gehen Sie vorsichtig zu Werke. Wir sollten auf keinen Fall unsere Mitbewohner durch irgendwelche Verdächtigungen verstimmen. Ich hoffe, wir können bald wieder unserem normalen Leben nachgehen. Haben Sie den Inspector über ihren Verdacht informiert?"

„Das habe ich, Sir, aber er hat eine Verbindung ausgeschlossen."

Der Butler verbeugte sich leicht und verließ die Bibliothek.

Nachdem er Mrs Argyle unterrichtet hatte und die Aufgaben des Tages umverteilt waren, machte er sich auf den Weg in die Garage, aus der immer noch polternde Geräusche drangen.

Er öffnete die Garagentür und ein vollkommen ölverschmiertes Gesicht tauchte aus der offenen Motorhaube eines alten Fords auf.

„Mr Beanstock? Maldito, ist schon wieder jemand gestorben?" fragte der Chauffeur mit ängstlichen Augen und bekreuzigte sich.

Der Butler erhob die Hände.

„Keine Angst, ich brauche nur den Bentley, Gonzales. Ich muss in Parsley Field einige Dinge untersuchen. Sir Percival hat mir die Erlaubnis erteilt. Ich würde Sie bitten, mich zu fahren. Es ist schon lange Zeit vergangen, seit ich ein Automobil lenken durfte."

„Okay, ich brauche nur einen Moment, Señor."

Gonzales ging nach nebenan, wo er aus dem schmutzigen Overall in eine saubere Hose und ein frisches Hemd schlüpfte. Der Butler hörte Wasser rauschen. Ein viel sauberer Chauffeur erschien, nahm die Schlüssel vom Board und ging in die zweite Garage nebenan, in der der silbergraue Bentley stand.

„Wir fahren zuerst zu den Winterbottoms, Gonzales, wenn´s beliebt."

„*Dios mio*, Señor, sind Sie denn immer so förmlich? ", fragte Gonzales und ließ den Motor an.

Beanstock blickte verständnislos.

„Förmlich? Ich bin doch wie immer, ganz normal."

Der Spanier zuckte verständnislos die Achseln und fuhr in Richtung Parsley Field.

Kurz nachdem die beiden hinter den Bäumen verschwunden waren, kam Mr Van Horten aus dem Haus und ging durch den vorderen Gartenweg in Richtung der Felder davon.

10. Geister der Vergangenheit

Es war ein ganz normaler Wochentag in den Praxen der Geschwister Winterbottom. Am Empfangstresen im Vorraum saß, wie immer zu den Sprechzeiten, Simon Partridge, der ältere Bruder von Phillis und Sohn des Postboten.

Der junge Mann mit den blonden lockigen Haaren hatte einen blendend weißen Kittel an. Im Gegensatz zu seiner Schwester Phillis war er groß und eher mager. Auf seiner Nase eine Brille mit kreisrunden Gläsern, die die Angewohnheit hatte ständig nach unten zu rutschen und dann auf seiner Nasenspitze zu balancieren. Simons linke Hand schnellte öfters, ohne dass er es groß registrierte, zu der Brille und schob diese zurück an ihren Platz.

Etwas ungewöhnlich empfanden es die Patienten schon, dass sie von einer männlichen Krankenschwester empfangen wurden, aber im Laufe der Zeit hatten sich auch die letzten Zweifler daran gewöhnt.

Simon wollte Arzt werden und da es für seine Eltern schwer war das Geld für das Studium aufzutreiben, hatte er sich für den langen mühevollen Weg über die Ausbildung zum Krankenpfleger entschieden. Durch seine ausgesprochen guten Leistungen hatte er die Aussicht auf ein Stipendium. Bis es soweit war, empfing er hier Patienten, legte Verbände an, pustete weinenden Kindern den Schmerz fort oder beruhigte aufgeregte Schwangere.

Für den tierischen Teil der Praxis nahm er die meist vierbeinigen Patienten in den Karteikarten auf und achtete auf die richtige Reihenfolge.

Nichts war schlimmer, als wenn der Dackel von dem Bahnhofsvorsteher Templar vor dem Wellensittich von Mrs Pommerton aufgerufen wurde. Schließlich war Mrs Pommerton stets die Erste und wartete meist bereits mit ihrem abgedeckten Käfig vor der Tür, bevor Simon das Wartezimmer aufschloss.

Aber Simon hatte dafür ein Händchen, wie Dr. Rachel Winterbottom ihm bescheinigte. Er kannte genau die Empfindlichkeiten der großen und kleinen Patienten und hatte sich dadurch unentbehrlich gemacht.

Als an diesem Vormittag Mr Beanstock die Praxis betrat, ruhten sofort alle Augen interessiert auf ihm. Es wurde leiser, nur das heisere Krächzen von Mrs Pommertons Wellensittich hörte nicht auf. Mrs Pommerton hob den Zeigefinger und zeterte mit ihrer unverkennbaren hohen Stimme.

„Bist Du wohl still, Geronimo! Kusch!"

Vielleicht bekam man ein paar pikante Details von den Vorkommnissen auf Parsley Manor zu hören. Alle Aufmerksamkeit richtete sich auf den Butler, der grüßend den Wartenden zunickte. Er ging gemessenen Schrittes zum Tresen und wartete, dass ihm Simon seine Aufmerksamkeit zuwandte.

Dieser war gerade damit beschäftigt, Karteikarten herauszusuchen und hatte ihm den Rücken zugewandt.

Mr Beanstock räusperte sich hörbar.

Simon sah sich um und stutzte kurz.

„Mr Beanstock? Was führt sie hierher. Ich glaube, ich habe gar keine Karteikarte von Ihnen. Da müssen wir neu anlegen. Setzen

Sie sich doch. Sie müssen bitte vorher einen Fragebogen ausfüllen."

„Ich bin nicht krank. Ja, ich darf wohl behaupten, dass ich seit 1929 nicht mehr krank war und mich seitdem bester Gesundheit erfreue, was ich meinem gesunden und ausgeglichenen Lebenswandel zuschreibe."

„Und woran waren Sie 1929 erkrankt?", fragte leicht verwundert der Krankenpfleger.

„Parotitis epidemica, eine ernste Angelegenheit."

Leises Murmeln unter den wartenden Patienten.

„Wie alt waren Sie damals?"

„Ich war fast dreißig Jahre alt. Es war sehr unschön."

„Sie hatten mit dreißig Jahren Mumps?", kam es etwas zu laut von Simon Partridge.

Leises Kichern unter den Patienten.

„Mein lieber Mr Partridge, in dem Alter ist so eine Krankheit kein Zuckerschlecken. Ich war froh, ohne Folgeschäden davongekommen zu sein."

Beanstock fühlte sich etwas beleidigt.

„Bitte entschuldigen Sie", murmelte Simon, „was kann ich denn für Sie tun?"

„Ich muss dringend mit beiden Doktoren reden. Es wird nicht lange dauern."

„Einen Moment, ich werde fragen, ob man Sie dazwischenschieben kann. Sie sehen ja selbst, was heute los ist."

Damit kam Simon hinter dem Tresen hervor und verschwand in einem der Behandlungsräume.

Kurze Zeit später öffnete sich die Tür erneut und Dr. Timothy Winterbottom führte vorsichtig eine junge Dame aus dem Zimmer, die Probleme hatte durch die Tür zu kommen, da ihr unverkennbarer Babybauch sie behinderte.

Ein junger rotgesichtiger Mann sprang im Wartezimmer sofort von seinem Sitz auf und eilte zu der schwangeren Frau, die nun zufrieden lächelte.

„Falscher Alarm, Schatz! Es dauert wohl noch ein paar Tage oder Wochen“, sagte die junge Frau.

„Wochen?“, brüllte ihr Gatte verzweifelt, „das ist doch wohl nicht ihr Ernst, Doktor? Das überstehe ich nicht. Will dieses Kind überhaupt kommen?“

Dr. Winterbottom grinste.

„Ein Baby kommt, wenn ein Baby kommen will. Da kann ich gar nichts tun. Sie sollten sich beruhigen. Meistens kommen die Kinder in der Nacht. Sie können mich jederzeit kontaktieren. Simon, das übliche Rezept.“

Dann drehte er sich zu Mr Beanstock um.

„Ich habe heute sehr viele Patienten, kann das nicht warten?“

„Wenn es Ihnen nichts ausmacht, würde ich gern sofort mit Ihnen und Ihrer Schwester sprechen. Es dauert nur ein paar Minuten“, antwortete der Butler.

Er wandte sich den Wartenden zu: „Ich entschuldige mich für die Verzögerung.“

Zustimmendes Murmeln war die Antwort.

Vielleicht, hofften die Wartenden, konnte man doch noch etwas Interessantes erfahren. Die Türen waren nicht sehr dick hier.

„Nun gut, Simon, ich bin sofort zurück. Nehmen Sie doch inzwischen den Verband des kleinen Timi ab.“ Aus dem Wartezimmer kam ein ängstlicher Gickser.

„Kommen Sie, Mr Beanstock. Gehen wir nach nebenan zu meiner Schwester."

Dr. Rachel Winterbottom saß an ihrem Schreibtisch und notierte etwas auf einer Karte. Sie sah sich um und erkannte überrascht, mit wem ihr Bruder da hereinkam.

„Wie kommt´s, Mr Beanstock? Ist etwas mit Junior?"

„Nein, Doktor, alles okay mit den Tieren in Parsley Manor. Ich komme heute aus einem anderen Grund zu Ihnen. Sie wissen sicher, was vorgefallen ist. Ich versuche den Tag des Empfangs zu rekonstruieren und wäre Ihnen sehr dankbar, wenn Sie mir erklären würden, welcher Art Ihr Problem mit Miss Hillman gewesen ist. Ich hatte bemerkt, wie aufgeregt Sie beide nach einem Gespräch mit ihr waren. Bitte helfen Sie uns die Sache aufzuklären."

„Das finde ich seltsam, Mr Beanstock. Das ist doch Aufgabe der Polizei oder liege ich da falsch?", wollte Dr. Rachel wissen.
Sie klang ungehalten, bemerkte der Butler.

„Die Polizei ist sehr tüchtig, ohne Frage, aber es gab bereits Verdachtspunkte gegen Lady Fedora und ich werde mit allen Mitteln versuchen, die Sachlage für die Baronets zu klären. Dazu gehört, nach meiner Meinung, auch die Vorgeschichte Miss Hillmans. Verstehen Sie Doktor?"

„Warum willst du nach all der langen Zeit schweigen, Rachel? Wem soll das noch nützen? Sicher hat das nichts mit den beiden Toten zu tun. Mach dir keine Sorgen."
Dr. Timothy Winterbottom legte seiner Schwester beschwichtigend die Hand auf die Schulter und nickte ihr aufmunternd zu.

Sie erhob sich und ging zum Fenster. Nach einem Moment drehte sie sich um und nickte ihrem Bruder zu.

„Schreckliche Sache, Mr Beanstock, es tut mir so leid um Bernice. So ein nettes junges Mädchen. Übernimm du das bitte Timothy, ich weiß nicht, ob ich das kann."

„Nun gut, wir sind mit Priscilla Hillman und ihrer älteren Schwester Emely zur Schule gegangen, bis sie dann nach London verschwanden. Damals hatte Sean O`Donoghue den Pub von seinen Eltern grad übernommen und weiter ausgebaut. Er war, nein er ist, ein gut aussehender Junge und Rachel hatte sich bis über beide Ohren in ihn verliebt. Sean war nicht abgeneigt, obwohl unsere Eltern natürlich nichts wissen durften. Rachel war ja noch sehr jung. Nur Sean und ich haben davon gewusst und leider auch Rachels beste Freundin, Priscillas Schwester Emely, in die wiederum ich sehr verliebt war. Ich fand Emely ja immer schon viel schöner. Vor allem war sie ein so lieber Mensch, hundertmal liebenswürdiger als ihre Schwester. Leider hatte Emely sich wohl nichts dabei gedacht und ihrer Schwester die Affäre verraten. Priscilla spannte Sean Rachel eiskalt aus und damit nicht genug, sie verriet sie bei unseren Eltern."

„Sean war nur zu gern bereit sich von der hübschen Priscilla umgarnen zu lassen. Er ließ mich fallen, wie eine alte Socke. Als Konsequenz wurde ich auf ein Internat geschickt. Dadurch konnte ich verhindern, dass meine Eltern Sean zusetzten", berichtete nun Rachel weiter. Sie machte eine kurze Pause.

„Kurze Zeit danach, hatte Priscilla genug von ihrem neuen Spielzeug und wandte ihre Aufmerksamkeit dem Inder zu."

„Mr Divari, ja natürlich", ließ Beanstock hören.

„Sean war furchtbar enttäuscht. Ich glaube er hat Priscilla wirklich sehr geliebt."

„Aber das ist keine außergewöhnliche Geschichte, entschuldigen Sie bitte meine Offenheit“, versetzte nun der Butler, „warum waren Sie dann am Empfangstag so außer sich?“

Die Geschwister sahen sich fragend an. Timothy Winterbottom nickte leicht und aufmunternd. Rachel senkte ihre Stimme.

„Jeder weiß, dass Sir Percival Ihnen bedingungslos vertraut. Deshalb vertraue ich Ihnen diese jugendliche Dummheit an. Unsere Eltern leben nicht mehr. Meine Mutter, mit ihrem ausgeprägten Sinn für viktorianische Anstandsregeln, wäre entsetzt gewesen über meine Offenheit. Glücklicherweise war ich damals noch nicht so schlau wie heute und es klappte nicht. Ich habe im Internat versucht mir das Leben zu nehmen. Ich habe am Empfangstag Priscilla mit dieser Geschichte konfrontieren wollen, aber sie war so arrogant. Sie lachte mich aus und erklärte mir doch allen Ernstes, dass die Geschichte mit Sean nur ein Scherz gewesen war. Sie hätte einfach nur Spaß daran gehabt. Ich solle mich nicht so aufführen, meinte sie. Verstehen Sie jetzt, warum ich so aufgebracht war?“

„Oh, ich verstehe jetzt eine ganze Menge besser. Ich weiß nun, warum der Pub Wirt mit Abwesenheit glänzte und ich kann mir auch vorstellen, warum Mr Divari so eigenartig reagierte. Vielen Dank für Ihre Offenheit. Diskretion gehört zu meiner Lebensphilosophie als Butler.“

Dr. Timothy Winterbottom umarmte seine Schwester.

Dann richtete er sich an den Butler.

„Wenn wir damit die Baronets unterstützen konnten, ist es das wert. Obwohl ich nicht glaube, dass Ihnen das weiterhelfen kann. Und wenn Sie uns jetzt noch fragen, ob wir ein Alibi vorweisen können? Wir hatten mit ihrem Tod nichts zu tun. Glauben Sie es oder nicht. Wir sind nicht nachtragend. Sie tut uns nur noch leid."

Beanstock verabschiedete sich.

„Ich kann dazu noch nichts sagen. Die Wahrheit liegt irgendwo in der Vergangenheit. Da bin ich mir sehr sicher. Aber Ihre Geister gehören wohl nicht dazu. Ich bin Ihnen im Namen der Baronets sehr dankbar."

Beanstock verließ die Praxis und bat Gonzales zur Apotheke zu fahren.

Von der Tochter des Apothekers Hoppleton erhielt er nur die Auskunft, dass Miss Hillman ihren Stolz tief verletzt hatte. Miss Hillman hatte nicht nur ihr Aussehen als billig und geschmacklos bezeichnet, sondern ihr auch klar gemacht, dass sie mit dieser Kreissägenstimme niemals beim Film ankommen würde. Mrs Hoppelton hatte ihm auf dem Weg nach draußen noch zugeflüstert, dass endlich die Pläne ihrer Tochter in diesen Sündenpfuhl Hollywood zu gehen, vom Tisch waren, worüber die gesamte Familie froh war.

Verletzter Stolz konnte zwar ein starkes Motiv für einen Mord sein, aber Beanstock bezweifelte, ob Pamela soweit gehen würde. Obwohl sie natürlich, wenn es sich wirklich um Gift handelte, hier in der Apotheke die besten Voraussetzungen gehabt hätte.

Der Butler überlegte beim Pub anzuhalten, verwarf das dann aber.

Das zunächst hoffnungsvolle Grinsen des Chauffeurs verwandelte sich in einen Seufzer.

Er dirigierte Gonzales zum Golfhotel. Der nächste Halt würde vielleicht aufschlussreicher sein.

Der Bentley fuhr eine sanfte Kurve in der Auffahrt zu dem weiß schimmernden Hotel *Rosebud*. Gonzales parkte den Wagen und stieg zusammen mit dem Butler aus. Der Chauffeur nahm aus seiner Jackentasche ein ledergebundenes Zigarrenetui und zündete sich genüsslich eine von den dunkelbraunen schlanken Schönheiten an.

„Ich warte Mr Beanstock, lassen Sie sich Zeit", nuschelte er, neben der Zigarre in seinem Mund, hervor.

Beanstock wusste, dass der Chauffeur, auch hier im Hotel, schon bekannt war wie ein bunter Hund. Die Damenwelt von Parsley Field konnte sich seinem spanischen Charme einfach nicht entziehen, sinnierte er, während er durch den breiten Eingang mit den Säulen an den Seiten schritt. Vielleicht konnte er diesen Umstand noch zu seinen Gunsten nutzen.

Die Eingangshalle strahlte einen gediegenen Charme aus.

Der weiße, schimmernde Marmorfußboden zog sich durch das gesamte Erdgeschoß. Auf mehreren kleinen Inseln mit rötlichen Orientteppichen stand jeweils ein dunkelrotes bequemes Plüschsofa und, um einen polierten Mahagonitisch, dunkelrote Sessel. Neben jeder Sitzgruppe erhob sich eine mehrarmige Kugellampe im Art Deco Stil.

In den Ecken der Halle verteilt standen in hohen verzierten Vasen üppige duftende Rosengestecke.

An der hinteren Wand öffnete sich eine zweiflügelige bunte Glastür zum Restaurant des Hauses. Der Blick konnte durch hohe Glastüren bis zu dem großen Golfplatz schweifen, der im gleißenden Sonnenlicht des frühen Tages lag.

An der linken Wand der Eingangshalle war die Rezeption, ein breiter Mahagonitresen. Hinter dem Tresen hingen an vergoldeten Haken die Schlüssel der Hotelzimmer. Dorthin zog es Beanstock.

Die Dame am Empfang war, wie an jedem anderen Tag auch, Mrs Partridge, die Frau des Postboten. Sie bemerkte den Butler erst, als er genau vor ihr stand und sich leise räusperte.

Als sie den Kopf von den Papieren hob, die sie studiert hatte, erschreckte sie kurz. Beanstock registrierte ihre rötlichen verweinten Augen und ihren blassen Teint sofort.

„Guten Tag Mrs Partridge. Geht es Ihnen gut? Sie sehen mitgenommen aus, wenn ich das bemerken darf."

Mrs Partridge war eine kleine zierliche Person mit einem gütigen Gesicht und bräunlichen Haaren, die in weichen Wellen bis zur Schulter fielen. Sie hatte eine bemerkenswerte Ähnlichkeit mit ihrer Tochter Phillis.

„Mr Beanstock, was führt Sie denn zu uns heraus? Es ist alles in Ordnung. Ich bin nur sehr mitgenommen wegen Priscillas Tod. Und natürlich mache ich mir nun furchtbare Sorgen um meine Phillis, nachdem ihr Hausmädchen nun auch tot ist."

„Sie waren bei den Hillmans angestellt, nicht wahr, Mrs Partridge?"

„Ja, das ist richtig. Ich habe früher für die Hillmans als Kindermädchen gearbeitet. Es war eine wunderbare Zeit mit den beiden Mädchen. Ich habe ja dann geheiratet und meine Arbeit dort beendet."

Sie blickte den Butler irritiert an. Wahrscheinlich fragte sie sich, warum der sonst so zurückhaltende Beanstock plötzlich so viel wissen wollte.

„Haben Sie die Kinder dann noch einmal wieder gesehen, wenn ich so neugierig sein darf?“

„Ich hatte immer noch Verbindung zu den Kindern und habe mich auch um sie bemüht, als sie nach diesem schrecklichen Unfall ihrer Eltern zu ihrer Tante gezogen sind.“

Mrs Partridge blätterte nervös in den Papieren auf dem Tresen.

„Also was kann ich denn für Sie tun?“, fragte sie erneut den Butler.

„Haben Sie diese ominöse Tante einmal kennengelernt, wenn ich fragen darf? Lady Fedora hatte sich ja damals auch um einen Kontakt zu ihrem Patenkind bemüht und wurde sehr rigoros abgewiesen.“

Beanstock sah Mrs Partridge interessiert an.

Die Empfangsdame sah von ihren Blättern nicht auf und überlegte eine Weile. So, als müsse sie sich die Worte erst zurechtlegen.

Beanstock wunderte sich etwas über ihre Zurückhaltung.

„Nun, ich habe sie ein- oder zweimal getroffen. Zumeist in ihrer Wohnung in London oder in der Klinik, in „Bedlam“, in der die arme Emely behandelt wurde und dann leider starb. Diese Tante war eine seltsame Person. So ganz anders als ihr Bruder, Mr Hillman. Ja, so war das...“ Sie machte eine Pause, in der sie sich zu dem Schlüsselboard umdrehte und scheinbar die Schlüssel dringend zu sortieren hatte.

„Emely Hillman ist in *´Bedlam´* gestorben?“, bemerkte Beanstock überrascht.

„Ja, das sagte ich. Kann ich sonst noch etwas für Sie tun“, fragte sie dann mit dem Rücken zu Beanstock.

„Ich würde gern mit Mr Divari und seiner Sekretärin reden, wenn es im Bereich des Möglichen ist."

Mrs Partridge nickte und hob den Telefonhörer des Apparates ab, der neben ihr stand. Sie drückte einen der Knöpfe, wartete, lächelte dem Butler schief zu und drehte sich nach allen Richtungen, als ob der Anblick Mr Beanstocks sie stören würde. Dann knackte es im Hörer.

Mrs Partridge erklärte das Ansinnen des Butlers und legte nach kurzer Zeit wieder auf.

„Sie können Mr Divari sprechen. Er empfängt Sie in seinem Büro."

Sie hob die Hand und schnippte nach einem der Hotelpagen, die sich gelangweilt in einer Ecke räkelten. Ein junger Mann mit pickligem Gesicht kam sofort gelaufen.

„Bringen Sie Mr Beanstock in das Büro zu Mr Divari."

Der so Angeredete verneigte sich leicht und bedeutete ihm zu folgen.

Beanstock wollte sich noch von Mrs Partridge verabschieden. Aber sie war bereits durch eine der Türen hinter dem Tresen verschwunden.

„Eigenartig", dachte er, „ sie muss wirklich sehr mitgenommen durch den Tod von Miss Hillman sein."

Er folgte dem Pagen, der wie ein aufgeregter Terrier vor ihm her flitzte. Sie gingen durch einen breiten Gang, vorbei an der Küche, aus der das blecherne Klappern von Töpfen und Pfannen zu hören war. Eine hohe näselnde Stimme mit französischem Akzent warf Befehle durch den Raum, die nach jedem Satz von einem eindringlichen „*Vite, vite*" untermalt wurden.

Dann klopfte der Page an eine der linken, hohen Türen.

„Herein“, tönte eine weibliche Stimme von der anderen Seite der Tür.

Der Page öffnete die Tür für den Butler, verbeugte sich grinsend und hielt ihm seine Hand hin. Beanstock sah ihn verständnislos an.

Die Sekretärin, Miss Summerset, hatte sich inzwischen von ihrem Schreibtischstuhl erhoben und näherte sich mit einem lasziven Lächeln auf ihren dunkelroten Lippen dem Butler.

Sie trug ein enges Kostüm in der Farbe von frisch geschnittenem Gras, passende grüne, Schwindel erregend hohe Pumps und in dem welligen, hellblonden Haar eine grasgrüne, glitzernde Smaragdspange. Der Page vergaß seinen Wunsch nach einem Trinkgeld und starrte mit unverhohlenem Interesse auf Miss Sommerset.

„Haben Sie nicht anderweitig zu tun? Na? Danke. Sie können gehen!“

Der Page bekam rötliche Flecken auf seinen ansonsten fahlen Wangen, verbeugte sich leicht und stürmte davon.

„Mr Beanstock, was verschafft uns die Ehre?“

Beanstock räusperte sich.

„Es geht um den Empfangstag, Miss Summerset. Mit Erlaubnis der Baronets Parsley versuche ich einige Dinge zu untersuchen, um bei der Aufklärung der beiden Morde behilflich zu sein. Natürlich ist das Sache der Polizei, aber es geht hier um die Ehre unseres Hauses. Das verstehen Sie sicher.“

„Ich weiß zwar nicht, was an diesem Tag so außergewöhnlich gewesen sein sollte, aber Mr Divari empfängt Sie gern.“

Miss Summerset schwebte davon. Jedenfalls hatte Beanstock den Eindruck, sie würde schweben, obwohl ihm diese Wirkung aufgrund der mindestens zehn Zentimeter hohen Absätze vollkommen unverständlich erschien.

Er musste sich mit Gewalt von dem Anblick der Dame fortreißen, um nicht unangemessen zu erscheinen.

Nach kurzer Zeit erschien Miss Summerset und bat ihn mit einer einladenden Geste in das Büro des Hotelbesitzers.

Mr Divari war, wie immer in seinem Hotel, in einen eleganten, grauen Anzug gekleidet. Als der Butler hereinkam, erhob sich der Hotelbesitzer höflich von seinem Schreibtisch und ging ihm mit ausgestreckter Hand entgegen.

„Mr Beanstock, wie geht es My Lady und Sir Percival? Hat man schon irgendeine neue Erkenntnis von Seiten der Polizei?"

Damit wies er mit der Hand auf die bequeme Sitzgruppe neben dem Kamin.

„Vielen Dank, Sir, dass Sie mich empfangen", erwiderte Beanstock mit einer knappen Verbeugung.

„Nun, ich muss Ihnen leider mitteilen, dass es nach einem Mord aussieht. Zumal auch noch Bernice, unser Hausmädchen betroffen ist. Inspector Greenwood vermutet aufgrund des ersten Berichtes der Rechtsmedizin, dass es sich höchstwahrscheinlich um Gift gehandelt hat. Welche Art Gift, ist noch nicht bekannt."

Der Hotelbesitzer beschattete erschüttert seine Augen mit einer Hand. Der Schmerz, den ihm diese Aussagen bereiteten, war nicht zu übersehen.

„Miss Summerset, lassen Sie bitte Kaffee bringen. Sie trinken doch sicher eine Tasse Kaffee, oder Mr Beanstock?", richtete er die Frage an sein Gegenüber.

Beanstock erhob sich kurz, setzte sich dann sofort wieder lächelnd, da ihm einfiel, dass er hier nicht der Butler war und für Kaffee sorgen sollte.

„Ich möchte helfen, Mr Divari. Deshalb bin ich heute hier. Ich habe die Absicht den Empfangstag zu rekonstruieren. Ich bin der Meinung, dann komme ich der Wahrheit näher. Wie verlief dieser Tag für Sie? Bitte schildern Sie ihre Eindrücke."

Inzwischen war Miss Summerset zurück und ein Kellner brachte kurz danach auf einem silbern schimmernden Tablett eine silbrige Kanne mit duftendem Kaffee, feine rosafarbene Tassen und eine Silberetagere auf der sich allerlei kleine Leckereien stapelten.
Miss Summerset goss Kaffee ein, fragte den Butler nach Milch oder Zucker, er nahm beides, und reichte ihm die Tasse mit ihrem berühmten Lächeln.

Mr Divari bat sie danach ebenfalls Platz zu nehmen.

Der Hotelbesitzer lehnte sich auf dem Sessel zurück.

„Nun, wie soll ich diesen Tag beschreiben. Ich hatte eigentlich nicht vor an diesem Empfang teilzunehmen. Zu viele böse Erinnerungen wissen Sie? Miss Summerset überredete mich. Ich nahm mir vor, nicht mit Priscilla zu reden, aber es kam alles anders. Sie kam mir lächelnd entgegen und eine ungewisse Hoffnung keimte in mir, dass sie für mich noch etwas für empfinden würde."

In den Augenwinkeln nahm der Butler eine Bewegung wahr. Er bemerkte, dass Miss Summerset die Hände zu Fäusten geballt hielt.

Divander Divari fuhr mit seiner Erzählung fort.

„Priscilla, die sich nun natürlich Inga nennen ließ, bat mich mit ihr hinaus in den Garten zu gehen. Ich versuchte in meiner

Euphorie, sie zu überzeugen, dass ich noch immer Gefühle für sie empfand und sie sehr vermisst hätte. Ich hatte mehrmals versucht Kontakt zu ihr aufzunehmen, aber niemals eine Antwort von ihr erhalten. Aber ich hatte mich wohl gewaltig getäuscht. Sie hörte nicht mehr auf zu lachen, als ich ihr meine Gefühle offenbarte. Sie erklärte mir, dass diese Zeit hinter ihr läge und sie damals nur versucht hätte Spaß zu haben. Ich verstand gar nichts mehr. Begreifen Sie, Mr Beanstock, ich habe sie wirklich geliebt und wollte mein Leben mit ihr verbringen. Es wäre damals fast zu einem Bruch mit meiner Familie gekommen."

Er verstummte, nahm seine Kaffeetasse, stand auf und sah aus dem großen Fenster auf den Golfplatz hinaus, auf dem sich bereits die ersten Spieler einfanden.

Beanstock richtete seinen Blick zu Miss Summerset. Er sah sofort, wie besorgt sie um ihren Arbeitgeber wirkte. War da vielleicht mehr als ein Arbeitsverhältnis? Oder kam es nur von ihrer Seite?

„Wenn ich das sagen darf, Miss Summerset, ich habe an jenem Tag bemerkt, dass sie sehr aufgeregt aus dem Garten kamen. Haben Sie sich mit Miss Hillman unterhalten?"

Ein kurzer besorgter Blick fiel auf Mr Divari.

„Ich habe sie zur Rede gestellt, ja, und ich empfinde kein Mitleid, entschuldigen Sie."

Mr Divari drehte sich von dem großen Fenster weg und sah seine Sekretärin verdutzt an.

„Was haben Sie gesagt?", wollte er wissen.

Sie zögerte und fühlte sich plötzlich nicht sehr wohl. Beanstock bemerkte ihre aufkommende Blässe.

„Ich habe ihr unmissverständlich klar gemacht, dass Sie, Mr Divari, viel zu gut für sie sind. Ich sagte, sie solle sich zurück nach Hollywood scheren und dort mit den Männern ihre Späße treiben. Ich habe sie sofort durchschaut, diese falsche Schlange. Nur auf ihren eigenen Vorteil bedacht und mit den Gefühlen anderer Menschen spielen. Das war es doch, was sie schon immer getan hatte. Schon als Kind war sie furchtbar eingebildet. Sie war so ein..." Sie führte den Satz nicht zu Ende, um nichts Unangemessenes zu sagen.

Beanstock hob erstaunt seine Augenbrauen.

Da war aber jemand sehr verliebt in seinen Arbeitgeber. Das wurde ihm schneller klar, als dem Angebeteten selbst.

Mr Divari schaute seine Sekretärin an, als ob er sie zum ersten Mal im Leben wirklich sah.

„Und wenn Sie mich nun entlassen, dann ist es so und ich kann es nicht ändern. Ich konnte dieses Elend einfach nicht mehr ertragen. Dieser hohe Sockel, auf den Sie dieses Flittchen gestellt haben, war eine Farce. Die vielen Jahre, in denen Sie so leiden mussten, obwohl sie niemals an Sie gedacht hatte."

Miss Summerset verließ aufgebracht den Raum.

Davinder Divari war immer noch sprachlos.

Beanstock trank seinen Kaffee aus und erhob sich dann schnell.

„Ja, Mr Divari, ich glaube hier haben wir zum Glück eine andere Problematik als den Mord an Miss Hillman. Ich meine, Sie haben sehr viel Glück, wenn ich das sagen darf, Mr Divari. Ich möchte mich verabschieden und vielen Dank für Ihre Auskünfte."

Der Hotelbesitzer führte ihn in den Vorraum, wo Miss Summerset damit beschäftigt war, ihren Schreibtisch auszuräumen und die Dinge in einen kleinen Karton zu werfen.

„Was tun Sie denn da, Miss Summerset?“, fragte Davinder Divari.

„Was kann ich schon tun, wenn sie mich nun entlassen. Ich verstehe Sie.“ Leiser fügte Sie noch hinzu: „Das habe ich ja immer.“

Mr Divari lief zu ihr, nahm sie in den Arm und hielt sie minutenlang fest.

Inzwischen waren die Tränen aus ihren Augen nicht mehr aufzuhalten und bahnten sich ihren Weg durch das Make up.

Beanstock lächelte.

„Na so was“, dachte er, „da habe ich doch wohl mit meinen Fragen eine Romanze heraufbeschworen. Wie wunderbar.“

Ganz Gentleman und Butler zückte er wieder einmal eines seiner strahlend weißen Taschentücher und reichte es mit höflich abgewandtem Blick Miss Summerset.

„Neue Taschentücher bestellen“, murmelte Beanstock und machte eine Notiz in einer Ecke seines Gedächtnispalastes.

Der Butler ging leise aus dem Raum und überließ das Reden den beiden Turteltauben.

Als er durch die Halle zurück zum Wagen ging, warf er einen kurzen Blick zu Mrs Partridge um sich zu verabschieden. Aber die Empfangsdame sah sofort weg und verschwand im Hinterzimmer. Beanstock notierte auch dies in Gedanken.

Gonzales war nirgends zu sehen, als er bei dem Bentley ankam. Aber aus den Büschen neben dem Eingang war ein Kichern zu vernehmen.

Mr Beanstock hustete etwas lauter und sofort erschienen zwei Köpfe hinter der Ecke des Hotels.

Gonzales lächelte einem kleinen süßen Zimmermädchen zu, die sich die verwuschelten Haare zurecht schob und mit einem Knicks schnell verschwand.

„Señor Beanstock?“

„Gonzales?“

„Wie ist es gelaufen, Señor?“

„Ich bin zufrieden. Nach Hause bitte, Gonzales.“

Als keine weiteren Auskünfte mehr zu erwarten waren, startete Gonzales den Motor.

„*Maldito*“, murmelte er und stimmte zum Erstaunen Beanstocks lautstark ein spanisches Lied an.

„Singen Sie, Señor, das beruhigt die Nerven. Na machen Sie schon!“

Der Butler sah den fröhlich trällernden Mann neben sich mit gemischten Gefühlen an. Wie überaus bewundernswert. Trotz der Tragödien um ihn herum, konnte dieser Mann noch singen und Freude empfinden. Beanstock nahm sein kleines schwarzes Notizbuch aus der Jackentasche und notierte sich die Erkenntnisse dieses Morgens.

„*Hay hay hay hay, hay mi morena de mi Corazón*“, schmetterte Gonzales bei herunter gelassenem Autofenster den Bewohnern von Parsley Field zu, als er den kleinen Ort durchquerte.

Sean stand vor seinem Pub auf der Leiter und putzte das neue, grüne Schild mit der goldfarbenen Aufschrift *Jack O´Lantern* blitzblank. Er drehte sich zu seinem Freund Gonzales um und grinste vor Vergnügen.

Die alte Mrs Pommerton kam gerade mit einem vollen Korb vom Einkaufen.

Sie sprang ein paar Zentimeter in die Höhe, aufgeschreckt von dem dröhnenden Gesang des Chauffeurs.
Der Schreck war ihr anzusehen. Beanstock lehnte sich aus dem offenen Wagenfenster und winkte ihr entschuldigend zu. Ihr lautes hohes Gezeter ging im Gesang unter.

Als sie die Einfahrt zum Haus Parsley Manor erreichten, stand der Polizeiwagen des Inspectors davor. Beanstock stieg aus und Gonzales fuhr den Wagen in die Garage.

„Jederzeit wieder gern, Señor Beanstock, ein bisschen Detektiv spielen, *trae alegria, Maldito*!“, rief er dem Butler nach.

Beanstock betrat den Salon, in dem sich der Inspector in diesem Moment mit den Baronets unterhielt. Er begrüßte die Anwesenden mit einer leichten Verbeugung.

Lady Fedora wandte sich sofort an den Butler.

„Stellen Sie sich vor, die Polizei vermutet ein stark konzentriertes Gift, namens Rizin. Haben Sie schon einmal gehört, dass ein Extrakt aus der Rizinuspflanze hochgiftig wäre? Wie furchtbar, meine arme kleine Priscilla und unsere Bernice, was für ein Drama.“

Sir Percival, der an seinen Rizinusölverbrauch der letzten Tage dachte, schluckte hörbar und goss sich schnell noch einen Whiskey ein.

„Darling, der Inspector hat dir doch erklärt, dass Rizinusöl völlig harmlos ist“, erklärte My Lady ihrem Mann. „Nun möchte er natürlich von uns wissen, ob wir diese Pflanze im Garten anbauen. Sie können sich gern selbst überzeugen, dass es diese Pflanze in unserem Garten nicht gibt, Inspector Greenwood. Beanstock, ich würde Sie bitten den Inspector zu unserem Gärtner zu begleiten und ihn von der Richtigkeit meiner Aussage zu überzeugen.“

Dann fügte sie mehr zu sich selbst hinzu: „Eine Abhandlung über giftige Pflanzen. Vielleicht sollte ich das ins Auge fassen?“

Sir Percival schluckte erneut hörbar, sah zu Junior, der neben ihm lag, flüsterte etwas und verschwand mit dem kleinen, fröhlich schwänzelnden Hund zu einem ausgedehnten Spaziergang.

Beanstock begab sich mit Inspector Greenwood in den Garten.

„Ich bin neugierig, Sir“, wandte der Butler sich an den Polizisten, der schweigend neben ihm ging.

„Wie kam man auf Gift als Todesursache?“

„Unser Rechtsmediziner Dr. Seeker hat aus der Lunge Proben entnommen. In Verbindung mit einer gewissen Substanz entsteht bei einem Vorkommen von Gift eine spezielle Farbreaktion. Arsen und Strychnin konnte er sofort ausschließen. Dafür gibt es schon seit Jahrzehnten eine Nachweismethode.“

„Mir ist nicht klar, wie er ausgerechnet auf dieses Rizin gestoßen ist. Davon habe ich noch nie etwas gehört. Wie extrahiert man dieses Gift? Ist das nicht sehr aufwendig? Muss man nicht spezielle Kenntnisse besitzen? Wie weist man es nach? Gibt es dafür ein Verfahren? Einen cleveren Mann haben Sie da in London, Sir, wenn ich bemerken darf. Also wurde das Gift eindeutig durch die Lungen aufgenommen? Unglaublich, dass so etwas möglich ist.“

„Aber sonst haben Sie keine weiteren Fragen, oder?“, bemerkte der Inspector leicht säuerlich.

„Also gut, es wird aus den Samenschalen der Rizinuspflanze gewonnen. Soweit habe ich es verstanden. Ist wohl auch ziemlich kompliziert. Damit haben Sie Ihre Antwort. Ja, es muss schon jemand mit bestimmten Vorkenntnissen gewesen sein. Und, um so schnell, wie in den beiden Todesfällen, zu wirken, muss dieses Gift sehr hochkonzentriert oder mit einer anderen Substanz versetzt worden sein. Denn Rizin allein wirkt erst nach Tagen. Auch das hat mir der Doktor erklärt. Er konnte Morphin nachweisen, aber bei den beiden Damen, die jung und gesund waren, wäre das allein vielleicht nicht tödlich gewesen. Aufgrund des Zustandes des Lungengewebes und der Blutwerte erinnerte er sich an eine Untersuchung, zu der er, als Experte für Toxikologie, hinzugezogen wurde. Nach dem Krieg hatte man in einem alten Lagerraum in London eigenartige Proben gefunden, die als Rizin deklariert waren. Die folgenden Untersuchungen hatten ans Licht gebracht, dass während des Krieges vom Militär damit experimentiert worden war. Den Lagerraum hatte man einfach vergessen. Aus den gefundenen Unterlagen geht eindeutig hervor, dass es von diesem Zeug noch weit mehr geben könnte. Alles wurde dann plötzlich ganz schnell Top Secret. Verstehen Sie? Der MI6 hat sämtliche Unterlagen damals konfisziert. Aber, wie Sie bereits bemerkten, ist unser Rechtsmediziner ein cleveres Kerlchen. Er hatte damals einige Unterlagen für seine eigenen Studien retten können. Dabei waren auch Fotografien von vergifteten Organen, eklig. Aber er liebt diese Arbeit. Der Zustand des Lungengewebes, die Blutwerte und letztendlich der Vergleich mit diesen fotografischen Aufnahmen, lassen auf Rizin schließen."

Beanstock war noch nicht zufrieden. „Wie will er es nachweisen, Inspector? Das wird sicher nicht einfach werden. Ich denke nicht, dass ein Richter diesen fotografischen Vergleich anerkennen wird."

Inspector Greenwood verdrehte die Augen und blieb stehen.

„Mr Beanstock, was Sie alles wissen wollen, geht aber doch etwas zu weit? Sie können froh sein, dass ich, trotz der Vorkommnisse, immer noch hoffe, als Freund der Baronets angesehen zu werden. Ein anderer Polizist würde Sie zum Teufel schicken. Es liegt einfach nicht in Ihrer Natur, sich rauszuhalten? Denken Sie, ich wüsste nichts von Ihren Befragungen?“

„Ich bin Ihnen sehr dankbar für Ihre Offenheit, Sir. Aber Sie wissen, ich würde alles für meine Arbeitgeber tun.“

„Ja, ich weiß. Das ehrt Sie natürlich. Und ich sage Ihnen das nur, weil ich weiß, dass Sie diese Information für sich behalten werden. Aber, es gibt zurzeit eigentlich keine chemische Methode, um Rizin im Körper nachzuweisen. Die ganze Geschichte beruht eigentlich auf dem Gespür unseres Rechtsmediziners und den alten Unterlagen zu der Wirkung dieses Teufelszeugs. Dr. Seeker erklärte mir, wenn er eine Probe des verwendeten Giftes hätte, dann wäre es für ihn möglich, die zweifelsfreie Verbindung zu den Morden herzustellen und einen fundierten Nachweis zu erbringen, dass Rizin die beiden Damen umbrachte. Ich vertraue unserem Doktor und seinem Gespür. Also finden wir den Mörder, finden wir mit viel Glück eine Probe des Giftes und wir haben den Beweis, um vor Gericht zu bestehen.“

Inzwischen waren sie am Gewächshaus angekommen und Beanstock rief nach dem Gärtner. Zuerst erschien Mortecai. Er schnüffelte nach dem Fremden, deklarierte ihn in seiner Liste als uninteressant und machte sich in Richtung der Blumenbeete davon. Es gab Dinge zu erledigen, die nur den Kater etwas angingen. Der Gärtner kam mit einer Harke und seinem Strohhut auf dem Kopf aus dem Gewächshaus.

„Was kann ich für die Herren tun?“, fragte er vorsichtig.

„Befindet sich im Glashaus, im Garten, oder in ihrem persönlichen Besitz eine Rizinuspflanze. Haben Sie vielleicht

Kenntnis von der Anpflanzung in der Umgebung von Parsley Manor?“

Beanstock sah den Inspector verwirrt an.

Diese Frage war für einen einfach gestrickten Mann, wie den Gärtner, wirklich sehr verwirrend.

„Was?“, fragte der Gärtner verängstigt. Also nahm der Butler schnell die Sache in die Hand, da Herringbone mit aufgerissenen Augen und zittrigen Händen vor ihm stand.

„Also, Herringbone, wächst hier im Garten der Baronets eine Rizinuspflanze?“

„Nö“, nuschelte der Gärtner.

„Haben Sie im Gewächshaus so eine Pflanze?“

„Nö.“

„Kennen Sie irgendjemanden, der so eine Pflanze besitzt?“

„Nö. Die kann doch hier gar nicht wachsen.“

„Wie bitte?“, fragte nun überrascht der Inspector.

„Nu ja, in unserer Gegend müsste man die jedes Jahr neu anpflanzen, dann würde es vielleicht gehen, aber eigentlich wächst diese Pflanze nur in den Tropen richtig gut. Da kann sie schon mal ein paar Meter hoch werden. Ist ja ein Wolfsmilchgewächs, denke ich, fühlt sich hier nicht heimisch. So ist das.“

„Aber in einem Gewächshaus?“, fragte nun Beanstock.

„Würde schon gehen, aber ist aufwendig. Ich kenne niemanden, der es hier in unserer Gegend versucht hat. Und außerdem….“ Er unterbrach sich.

„Außerdem?“, fragte der Inspector.

„Außerdem muss man speziellen Boden verwenden. Hier in unserer Gegend eher kein Boden für Wolfsmilchgewächse.“

Beanstock und Inspector Greenwood sahen sich mit aufgerissenen Augen sprachlos an. Der Inspector bedankte sich bei Herringbone und die beiden Herren gingen langsam, in Gedanken versunken, zurück zum Haus.

Herringbone stützte sich auf seine Harke und sah ihnen kopfschüttelnd nach.

Mortecai kam von seinem Rundgang zurück, strich durch Herringbones Beine, schnurrte und sah zu seinem Futtergeber hinauf. Der Gärtner bückte sich, streichelte ihn lächelnd und meinte dann: „Diese Laiengärtner, keine Ahnung von Pflanzen, oder mein Freund? Na, wie wär´s mit ´ner Schale Milch?“

Mortecai schien mit dem Vorschlag einverstanden, zumal er gerade seinen Lieblingsfeind Junior im Garten gesehen hatte. Er lief dem Gärtner schnell voraus in das Gewächshaus.

Inspector Greenwood unterbrach als Erster die Stille und nuschelte:

„Das war auch nur so eine Idee von mir. Einfach um zu sehen, ob es diese Pflanze hier geben würde. War wohl keine so gute Idee.“

„Nicht unbedingt, Sir. Wenn wir ausschließen können, dass hier irgendjemand Rizin zur Verfügung hatte, muss dieses Gift, wenn es denn Rizin ist, von außerhalb hierhergekommen sein. Also da bleiben uns nicht viele Optionen, oder Sir? Konnten Sie den Apotheker ausschließen? Da hätten wir ja schließlich einen Kandidaten, der sich mit derlei Dingen auskennen müsste.“

„Constable Donegal ist in diesem Moment mit Hausdurchsuchungsbefehlen und ein paar Kollegen aus London in der Apotheke und natürlich auch bei den Winterbottoms. Unser Rechtsmediziner, Dr. Seeker, ist ebenfalls vor Ort. Constable

Donegal überwacht die Sache. Ich darf gar nicht an seine ausschweifenden Notizen denken. Die muss ich heute alle noch durchsehen. Aber ich wollte einfach gern persönlich bei den Baronets vorsprechen und etwas die Wogen glätten. Verstehen Sie?"

In diesem Moment fiel dem Inspector auf, dass er mit dem Butler sprach.

„Also, das geht Sie eigentlich nichts an, Mr Beanstock. Sie machen mich mit Ihrer Fragerei ganz verrückt. Noch einmal, halten Sie sich raus. Wenn Ihnen etwas auffällt, sagen Sie es mir und machen nichts auf eigene Faust. Sie sehen, wie gefährlich das ist. Ich bin der Überzeugung, dass Bernice entweder zufällig starb oder zu viel wusste."

Beanstock nickte zustimmend.

„Ich denke, dass die beiden Damen aufgrund ihres Zigarettenkonsums gestorben sind. Sie sagten, die Lungen waren voll mit dem Gift. Hier war die Zigarette wortwörtlich der Nagel zum Sarg. Das Gift war darin. Seltsam ist, dass man bei der Leiche von Bernice noch nicht einmal eine Kippe gefunden hat. Der Mörder könnte sie entfernt haben. Aber warum entfernt er hier die Kippe?"

Der Butler stutzte kurz und kniff vor Anstrengung die Augen zusammen. Ihm war etwas aufgefallen. Wo waren Miss Hillmans Zigaretten? Sie konnten nur in ihrem Zimmer sein und wären ein Beweisstück. Die Spurensicherung hatte jedenfalls keine Zigaretten mitgenommen. Das hatte der Butler genau beobachtet.

Inspector Greenwood hatte nichts bemerkt und so sprach Beanstock weiter. „Es bleiben uns die alten Lagervorräte in London. Wer hatte wohl damit früher zu tun? Wenn wir herausbekommen, wer damit gearbeitet hatte, erkennen wir vielleicht bereits den Namen des Mörders."

„Sie sind ein wirklich schlauer Mensch, Beanstock, aber Ihr ´wir´ und ´uns´ vergessen Sie bitte ganz schnell", murmelte der Inspector.

11. Rätselhafte Begegnungen

Nachdem Lunch trat Ruhe ein auf Parsley Manor.

Mr Van Horten zog sich in die Bibliothek zurück, um dringende Telefonate zu erledigen. Nach einem hitzigen Wortgefecht hatte ihm der Inspector unmissverständlich klar gemacht, dass er bleiben müsse. Es stehe ihm natürlich frei seinen Anwalt zu konsultieren, aber es wäre für Inspector Greenwood auch kein Problem, eine einstweilige Anordnung vom zuständigen Richter zu bekommen, um den Verleger vor Ort zu belassen. Er, Mr Van Horten, könne es sich aussuchen, ob er ein Problem daraus machen wolle. Zerknirscht und wütend stimmte der Verleger zu. Trotzdem könne man nicht von ihm erwarten, in diesem Nest noch lange zu bleiben, denn in seinem Verlag wartete Arbeit auf ihn.

Lady Fedora hatte das Wort `Nest´ persönlich genommen und den Verleger keines Blickes mehr gewürdigt. Sie hatte nach den Vorkommnissen und Diskussionen der letzten Tage kein gutes Gefühl mehr, was diesen Verlag anging. Ihr Mann hatte ihr da nur beipflichten können und ihr geraten, die Fühler nach einem anderen Verlag auszustrecken. Da die Verträge immer nur für ein aktuelles Buch geschlossen wurden, was der Verlag so haben wollte, war es sicher kein Problem sich neu zu orientieren. Sie konnte sich auf ihren Mann und seine Ratschläge verlassen. Er hatte sie immer gut beraten.

Sir Percival hatte Mr Van Horten für die nächsten Tage sein Arbeitszimmer abgetreten und ihm jegliche Unterstützung zugesagt.

Der Inspector hatte den Baronets bereits am Vortag telefonisch mitgeteilt, dass die Leichen der beiden Opfer nun freigegeben wären und beerdigt werden könnten. Es gab von Seiten des Londoner Anwalts der Familie Hillman Mr Pridges, von der renommierten Kanzlei Pington, Pington & Pridges, keinerlei Einwände. Die Testamentseröffnung würde noch einige Zeit in Anspruch nehmen, da die Sachlage kompliziert war. Das Vermögen der Familie in England war das Eine, aber es gab natürlich noch Vermögenswerte in Übersee zu berücksichtigen.

Der Anwalt der Baronets hatte sich um sämtliche Schriftstücke und Genehmigungen gekümmert. Somit konnte Lady Fedora die Trauerfeiern planen. Es konnten sowohl für Priscilla Hillman, als auch für die arme Bernice keinerlei Angehörige gefunden werden, wie ausgesprochen traurig. Am Nachmittag wurde Pfarrer Wilson erwartet. Beide Verstorbenen würden auf dem Friedhof von Parsley Field begraben werden; Priscilla neben ihrer Schwester und ihren Eltern.

Nach einer kurzen Mittagsruhe erschien My Lady wieder im Salon. Beanstock war mit dem Decken des Tisches für den Nachmittagstee beschäftigt.

Er übernahm nun diese Aufgabe, die ansonsten Bernice zugestanden hätte. Als Lady Fedora ihn bemerkte, musste sie zu ihrem Taschentuch greifen und eine Träne fortwischen.

„Sie war so ein hübsches nettes Ding. Ich vermisse Bernice, Beanstock."

Der Butler schwieg betroffen. Mrs Argyle erschien in der Tür, in der Hand eine Etagere mit kleinen Kuchenstücken und saftigen Gurkensandwiches, die der Pfarrer so liebte. Sie stellte sie auf dem Tisch ab und nickte dem Butler zu.

„Wir haben hier im Salon gedeckt My Lady, da es nach Regen aussieht und die Terrasse sicher keine gute Wahl wäre. Ihr Einverständnis vorausgesetzt.“

Lady Fedora nickte.

„Es ist vielleicht etwas verfrüht, My Lady, aber wir müssen über eine Neueinstellung nachdenken. Es tut mir sehr leid. Wir benötigen dringend ein Hausmädchen.“ Die Hausdame hatte versucht sich vorsichtig auszudrücken, um nicht herzlos zu erscheinen.

Lady Fedora atmete tief ein bevor sie antworten konnte.

„Natürlich, ich verstehe Mrs Argyle. Tun Sie bitte was nötig ist.“

„Danke, My Lady.“

„Ach und Mrs Argyle, das Zimmer “, sie machte eine Pause, „Priscillas Zimmer, es wäre gut ihre Kleider und ihre persönlichen Dinge zu verpacken. Ich würde das gern selbst übernehmen mit Filomenas Hilfe.“

„Natürlich, My Lady. Ich werde Filomena veranlassen Ihnen behilflich zu sein.“

Beanstock hatte seine Aufgaben im Salon erfüllt und wollte in der Küche nach den Vorbereitungen für das Dinner sehen. Vor allem wollte er Filomena bitten im Zimmer Miss Hillmans, das nun wieder betreten werden durfte, nach den Zigaretten Ausschau zu halten. Aber Lady Fedora hielt ihn zurück.

„Ach, Beanstock, bitte fahren Sie zu Mrs Bloom. Sie hat angerufen, dass die Trauerkarten angekommen sind.“

„Sehr gern, My Lady.“

So kam es, dass Gonzales an diesem Tag erneut mit dem Butler nach Parsley Field fuhr.

„Wohin diesmal, Señor Beanstock, wieder etwas ausspionieren?“

„Erstens, Gonzales, wir fahren zu Mrs Bloom und zweitens, ich spioniere nicht. Das überlasse ich dem Geheimdienst seiner Majestät. Ich ziehe Erkundigungen ein, um ein perfides Verbrechen aufzuklären. Also los!“

Gonzales grinste.

„*Diablito*, wollen wir wieder singen, das erhöht die Spannung, wie in diesen alten Filmen von Señor Bogart.“

„Wenn es Ihnen nichts ausmacht, würde ich auf Gesang verzichten.“

„*Lástima*! Wenn Sie meinen, aber das ist nur halb so lustig.“

Gonzales legte den Gang ein und der Bentley schoss auf die Einfahrt zu.

Plötzlich und unerwartet bremste der Chauffeur. Mit aufgerissenen Augen starrte er in den Rückspiegel. Beanstock war leicht nach vorn gefallen und sah nun zornig zu Gonzales. Als er bemerkte, dass irgendetwas im Spiegel zu sehen war, was nicht in Ordnung schien, blickte er sich um. Aus dem hinteren Garten war der Gärtner erschienen.

Zornesrot im Gesicht hatte er eine männliche Person fest im Griff. Um den Hals des kleinen dürren Mannes schlenkerte ein Fotoapparat. Der Gärtner fuchtelte mit seiner Harke herum und nun konnte man auch sein lautstarkes Schimpfen hören. Beanstock stieg aus.

„Mr Herringbone, was ist hier los?“

„Stellen Sie sich das mal vor, Mr Beanstock. Dieser kleine Schnüffler hat meine wunderbaren, blühenden Levkojen zertrampelt. Habe ihn erwischt, als er mit seinem Kamerading durch den Garten schlich und über die Brüstung der hinteren Veranda klettern wollte. Dabei hat er meine...", er räusperte sich, „ich meine, dabei hat er My Ladys Blumen zerstört."

Beanstock betrachtete den kleinen Mann, der sich aus dem festen Griff des Gärtners zu befreien versuchte, näher. Sein schmutzig brauner karierter Anzug hatte schon vor langer Zeit seine Tragbarkeit eingebüßt. Die Schuhe waren durch die Kletteraktion im Garten stark verschmutzt und ein Knopf fehlte an der Jacke. Der Mann trug keinen Hut, was aufgrund der wenigen fettig glänzenden Haare, die sich auf seiner Halbglatze tummelten, angebracht gewesen wäre. Diese Beobachtungen registrierte der Butler sekundenschnell.

„Ich kenne Sie doch? Habe ich Sie nicht bereits vor ein paar Tagen des Grundstücks verwiesen? Es gibt hier rein gar nichts mehr zu sehen und ich verlange Respekt für die Privatsphäre der Baronets von Parsley. Wenn ich Sie hier noch einmal erwische, werde ich Sie anzeigen."

Herringbone ließ den kleinen Mann widerwillig los. Der Reporter rückte seine Kleidung zurecht und hatte schnell seine Worte wiedergefunden.

„Hey, Mister, sein Sie froh, wenn ich Sie nicht verklage. Das ist mein bester Anzug und ich mache hier nur meine Arbeit. Inga Hillman war eine Hollywoodgröße und die Leser wollen was Aufregendes sehen."

Gonzales war inzwischen dazugekommen, griff zu dem Jackenrevers des Reporters und zog ihn auf Augenhöhe zu sich heran. Die Beine des Mannes baumelten in der Luft und seine Gesichtsfarbe nahm einen blassrosa Ton an.

„*Ir al Infierno, Diablito*, oder ich zeig Dir selbst, wo die Hölle ist!“, zischte der aufgebrachte Spanier dem kleinen Mann direkt ins Gesicht.

Dann ließ er ihn los und der Reporter rannte davon, ohne sich noch einmal umzusehen. Dabei öffnete sich auf magische Art und Weise das Filmfach des Fotoapparates und der Film flatterte, wie eine Girlande, heraus.

Gonzales lächelte verschmitzt.

„Den sehen wir nicht wieder“, konstatierte der Gärtner zufrieden.

„*Moscardón*!“, rief Gonzales ihm nach.

„Was?“, fragte der Gärtner.

„Na, wie sagt man bei Ihnen“, Gonzales dachte scharf nach und eine tiefe Falte erschien zwischen seinen Augen, „nun für eine brummende, eklige, grüne…“

„Schmeißfliege!“, versetzte der Butler, drehte sich um und ging schnell zurück zum Wagen, da die anwesenden Herren sonst die Genugtuung auf seinem Gesicht bemerkt hätten. Sie sahen sich schmunzelnd an. Herringbone ging pfeifend zu seinen gebeutelten Levkojen und Gonzales setzte sich, eine Melodie summend, an das Steuer des Bentleys.

„Gut gemacht, Señor Gonzales“, murmelte Beanstock.

Gonzales, der von dem Butler noch niemals mit Señor angesprochen worden war, wusste, dass er etwas sehr Gutes getan hatte und fuhr mit stolz geschwellter Brust in Richtung Parsley. Beanstock ließ den Chauffeur am Pub anhalten.

„Warten Sie bei Mr O'Donoghue auf mich.“ Er zwinkerte ihm wissend zu.

Gonzales grinste voller Vorfreude auf einen guten Drink mit seinem Freund Sean. Schließlich hatte man noch nicht auf das schöne neue Schild über dem Eingang angestoßen. Die Hände reibend verschwand er im Pub. Er wusste auch, dass so ein seltener Moment, mit Zustimmung des seriösen Butlers von Parsley Manor in einen Pub gehen zu dürfen, nicht so schnell wieder kommen würde.

Inzwischen machte sich Beanstock auf den kurzen Weg zu dem Geschäft von Mrs Bloom. Der Butler stieg die beiden Stufen zu ihrem Geschäft hinauf.

Mrs Bloom lief geschäftig zwischen einem riesigen Karton und einem weißen hohen Regal hin und her. Immer neue Glasbehälter kamen zum Vorschein. Große, kleine, dicke, dünne, geschwungene und bauchige Bonbongläser mit einem dicken Deckel obenauf. Einige waren schon mit süßem Inhalt versehen und die kleine weißhaarige Dame lächelte selig. Auf ihrer Stirn bildeten sich bereits glänzende Schweißperlen. An einem roten Faden, den sie an ihrer rosafarbenen Schürze befestigt hatte, hing eine Schere. Geschickt öffnete sie damit die Tüten, die aus einem weiteren Karton erschienen, gefüllt mit den beliebtesten Süßigkeiten Englands. Sie schnitt die Tüten auf und entließ den Inhalt in die Gläser. Vorsichtig hob sie die Gläser mit der süßen Fracht auf ihren vorgesehenen Platz in dem Regal. Danach bekam jedes Glas ein mit feiner Schrift versehenes Etikett. Beanstock verfolgte ihr Treiben eine Weile fasziniert.

„Mrs Bloom, was haben Sie da Feines?“, wollte er schließlich wissen.

Die alte Dame erhob sich und bemerkte erst jetzt ihren Kunden.

„Oh, Mr Beanstock, entschuldigen Sie. Ich war so in meiner Beschäftigung gefangen. Sehen Sie nur!“

Mit stolz geweiteten Augen und rosigen Wangen erklärte Mrs Bloom ihre Neuanschaffung.

„Winegums, Fruitgums, Caramellsahnefudge, Toffees, Peppermints in weiß und grün, Candys in allen Geschmacksrichtungen des Himmels, mein neuestes Angebot. Oh, endlich sind sie angekommen. Ich liege schon seit Wochen auf der Lauer, wenn Mr Partridge auf seiner Runde zu mir kommt. Nun ja, es dauert seine Zeit heutzutage. Ich hatte doch von Sir Percival diese Adresse in London bekommen. Sie wissen schon. In einer Zeit der Zuckerrationierungen ist es ein wahres Wunder. Und diese wundervollen Gläser. Sonderanfertigung, Mr Beanstock! Gute englische Handarbeit." Während ihrer letzten Worte hatte sie die Arme trotzig verschränkt und warf einen verstohlenen Blick hinüber zur Apotheke. Der Butler wusste um die Konkurrenzstreitigkeiten der Damen Bloom und Hoppleton.

Beanstock sah sich die Gläser aus der Nähe an und entdeckte einen unscheinbaren Prägestempel *''Made in Italy''*.

Mrs Bloom drehte das Glas sofort wieder herum. „Wie gesagt, gute englische Handarbeit!"

Beanstock räusperte sich.

„Sehr schön, Mrs Bloom. Sie werden zweifellos sehr beliebt werden in der Umgebung. Lady Fedora hatte Trauerkarten bestellt. Ich möchte sie abholen, wenn es Ihnen jetzt passen würde."

„Einen Moment. Ich hole die Karten sofort." Damit entschwebte sie in das Hinterzimmer. Nach kurzer Zeit war sie wieder da und öffnete den kleinen Karton in ihrer Hand.

„Sehen Sie nur, wie wunderschön die Karten sind. Ich habe sie wieder dort drucken lassen, wo ich auch die Einladungen für den Empfang machen lassen habe. Das ist eine Druckerei mit sehr guter traditionell englischer Handwerkskunst. So, wie wir es hier haben wollen. Sie hatten damals für den Empfang wohl Einladungen vergessen oder Mr Beanstock? Ach ja und ein Buch ist auch für Sie angekommen.“ Damit verschwand sie erneut im Hinterzimmer und ließ einen ratlosen Butler zurück. Er verstand nicht, wie sie das mit den vergessenen Einladungen gemeint haben könnte. Als sie erschien und das Buch auf den Tresen legte, fragte er sofort danach.

„Ich meine die Partridges. Wieso? Ich dachte, da ich Mrs Partridge am Empfangstag so traurig aus dem Garten weglaufen habe sehen, dass man vielleicht vergessen hatte, ihr die Einladung zu übersenden und sie deshalb so ungehalten war. Unseren Postboten habe ich nicht gesehen. Nun eigenartig hätte ich es ja gefunden, wenn die Baronets den Postboten eingeladen hätten. Nichts für ungut, Mr Beanstock. Man will ja keine Unruhe im Ort. Bei uns bleiben die Dinge hinter den Türen der Häuser nicht wahr? Es geht niemanden etwas an, wenn die Baronets so leutselig und unter ihrem Stand handeln.“
Mr Beanstocks Augenbrauen schnellten empor. Er war sich nicht sicher, ob die Witwe des Oberst Bloom sich im Klaren war, dass sie eigentlich auch nicht dazu gehören würde.

Beanstock wunderte sich und vor seinen Augen erschien wiederum das seltsame Verhalten von Mrs Partridge im Hotel. Natürlich könnte alles damit zusammenhängen, dass sie einst das Kindermädchen der Hillman Kinder gewesen war und ihr Mädchen einfach sehen wollte. Aber warum lief sie dann so aufgebracht davon? Hatte sie mit Miss Hillman gesprochen? Niemand hatte etwas Derartiges bemerkt. Vielleicht hatte sie ja etwas ganz anderes bemerkt und war deshalb so aufgebracht gewesen. Was wäre, wenn sie Mr Van Horten wiedererkannt hätte? Er musste dringend mit diesem Herrn sprechen. Sollte er dem Inspector seine Verdachtsmomente mitteilen? Das wäre zu früh. Er hatte keine stichhaltigen Beweise. Und er hatte nicht vor, Mrs Argyle in Verlegenheit zu bringen.

Beanstock zählte das Geld passend ab, legte es auf den Tresen und verabschiedete sich von Mrs Bloom, die bereits wieder in ihrer Candywelt gefangen war und Zitronenbonbons in Gläser füllte.

In Gedanken versunken ging er zum Pub.

Zurück auf Parsley Manor überreichte er Lady Fedora die Trauerkarten.

„Sie sind sehr schön, Beanstock", hauchte sie.

„Ach eines noch, wir haben Priscillas Koffer gepackt. Weisen Sie bitte Harrison an, diese bis auf weiteres in der oberen Wäschekammer unterzubringen. Wir wissen noch nicht, was damit geschehen soll. Warten wir das Testament ab."

„Wenn das alles ist, My Lady?", fragte der Butler und verbeugte sich.

„Nur noch...haben Sie das goldene Zigarettenetui Priscillas irgendwo gefunden? Es war nicht in ihrem Zimmer."

„So, das Zigarettenetui ist verschwunden?", sinnierte der Butler, wie zu sich selbst. „Das ist interessant. Nein ich habe es nicht gesehen."

Das war ein Puzzlestück, dass Beanstock noch gefehlt hatte. Seit er von der Art und Weise der Vergiftung erfahren hatte, vermutete er die Zigaretten als Werkzeug des todbringenden Giftes. Aber wo waren sie geblieben? Gern hätte er das Zimmer Van Hortens durchsucht, aber wie konnte er das tun? Für den Verbleib des

Zigarettenetuis gab es nur zwei Möglichkeiten. Beanstocks Bauchgefühl sagte ihm allerdings, dass nur eine davon passte.

„Bernice, Du dummes Mädchen, was hast Du getan“, murmelte er leise.

Die Beerdigung fand an einem regnerischen Samstag statt. Regen und Beerdigungen gingen schon seit Generationen Hand in Hand. Der Tag schien in Zeitlupe abzulaufen.

Der schwarze Schleier über Lady Fedoras Hut flatterte, wie ein dunkler, Unheil bringender Nebelhauch, im Wind. Ein steter Zug von aufgespannten schwarzen Regenschirmen näherte sich der Kirche von Parsley Field, in der ein weißer Sarg stand, umgeben von einer Fülle weißer Rosen.

Man hatte sich mit Pfarrer Wilson dazu entschlossen, Inga Hillman am Vormittag und Bernice am Nachmittag zu Grabe zu tragen. Eine gemeinsame Trauerfeier wäre nicht angemessen erschienen. Das wäre zwar ein doppelt schwerer Tag für die Beteiligten, aber Lady Fedora hatte darauf bestanden und Pfarrer Wilson widersprach nicht.

In der ersten Sitzreihe der Kirche saßen die Baronets und Mr Van Horten. Dahinter fast die gesamten Bewohner von Parsley Field. Einer kleinen Gruppe Journalisten hatte man erlaubt teilzunehmen. Aus Hollywood war ein Vertreter der Schauspielagentur Ingas gekommen und aus London ein Mitglied des Filmstudios. Aufsehen erregte ein schwarzer Rolls Royce, der kurz vor Beginn der Zeremonie vorfuhr. Ein Herr in schwarzem Mantel, mit tief in das Gesicht gezogenem Schlapphut stieg aus und setzte sich in die hinterste Reihe, nah an den Ausgang.

Ein Raunen ging durch die kleine Reihe der Journalisten und man munkelte der Herr wäre ein gefeierter Schauspieler. Zur selben Zeit trug ein Kirchendiener ein üppiges Grabgesteck, aus mindestens hundert roten Rosen bestehend, herein und legte es am Sarg ab. Auf der schwarzen Schleife stand in Goldbuchstaben

„Meiner geliebten Inga von E.F.“. Als der Sarg am Ende nach draußen getragen wurde, war der Herr bereits verschwunden.

Beanstock hatte sich in der Kirche einen Platz neben den Säulen ausgesucht. Dort hatte er die beste Übersicht über die Trauergäste. Inspector Greenwood gesellte sich mit seinem Constable zu ihm und fragte, ob Beanstock auch nach dem Mörder Ausschau halten wolle.

Alles verlief dem Protokoll entsprechend. Aber dann, als die Trauergemeinde zum Grab schritt, fiel dem Butler doch noch etwas Interessantes auf. Mr Van Horten blieb in der Kirche zurück.

Beanstock versuchte den Eingang im Blick zu behalten, um zu sehen, wann der Verleger herauskam. Nach etwas mehr als fünf Minuten kam Mr Van Horten plötzlich hastig aus dem Eingang und lief wie von Teufeln getrieben davon.

Beanstock hätte noch mehr sehen können, wenn seine Aufmerksamkeit nicht in diesem Moment von Lady Fedora abgelenkt worden wäre, die unter der Last der Ereignisse fast zusammenbrach. Er trat zu Sir Percival, um behilflich zu sein. Wäre er nicht abgelenkt gewesen, hätte er noch jemanden aus der Kirche treten sehen, der boshaft lächelnd dem Verleger nachsah.

Die Trauerfeier für die hübsche Bernice, verlief etwas anders. Es stand ebenfalls ein wunderschöner weißer Sarg vor dem Altar, duftender weißer Flieder lag darauf, von Mr Herringbone persönlich zusammengesteckt. Der Pfarrer verabschiedete das junge

Mädchen mit genau so wunderschön gewählten Worten, wie Inga Hillman. Aber der Unterschied war, dass in der ersten Reihe die Baronets Parsley mit ihrer gesamten Dienerschaft saßen und sonst niemand in der Kirche war.

Das Grab in der Ecke des Friedhofes hatte einen schlichten weißen Stein bekommen mit der Inschrift: „Bernice Bernstein, wir vergessen dich nicht“

Daneben standen ihr Geburts- und Todesjahr. Keine Verwandten waren gefunden worden, die vielleicht Anteil an ihrem furchtbaren Ende hätten nehmen wollen. Diesmal war es vor allem Filomena Arbuckle, die gestützt werden musste. Sie kannte Bernice wahrscheinlich am besten.

Dieser Tag würde den Bewohnern des kleinen Ortes Parsley Field und vor allem den Bewohnern von Parsley Manor im Gedächtnis eingebrannt bleiben. Im gesamten Commonwealth wusste wohl nun jeder Mensch, den es interessierte, wo der kleine Ort Parsley Field lag. Eine Bekanntheit, auf die man wohl hätte verzichten können. Leider brachte die Pseudoberühmtheit auch in der kommenden Zeit viele neugierige Fremde in den Ort, die aber nur an der Gruselgeschichte um den Filmstar interessiert waren und kein einziges Pfund im Ort ausgaben. Nur Mr Templars Bahnhof füllte sich öfter mit Gästen, aber niemals der *Jack O`Lantern* des Wirtes Sean.

Pfarrer Wilson hatte seine liebe Not mit zertrampelten Rasenstücken um das Grab der Familie Hillman herum.

Aber wie alle aufregenden Meldungen dieser Welt würde auch diese vergessen werden, wenn ein neues sensationelles Ereignis die Runde machen würde. Vielleicht schon in einem Jahr würde der Name Inga Hillman nur noch am Rande Erwähnung finden und in einem weiteren Jahr wäre die Hollywoodschönheit vergessen. Ihr Name würde nur noch in irgendwelchen Dokumentationen oder Biografien auftauchen. Autoren würden ihn benutzen, um ihre Bücher besser zu verkaufen und Regisseure würden Inga Filme widmen, um mit der tragischen Geschichte Gewinne zu machen. Die Welt hatte dann eine neue Schönheit gefunden, die es sich anzubeten lohnte.

12. Alte Häuser - alte Geschichten

Ruhe lag über Parsley Manor, als die Bewohner das Haus betraten. In der Küche hatte Mrs Porkpie einen kleinen Imbiss für die Dienstboten vorbereitet.

Man saß beisammen und erzählte sich Geschichten.

„Wissen Sie noch, wie Bernice zu uns kam? So ein kleines nervöses Ding“, erzählte Mrs Argyle und lächelte sanft. „Sie hatte nur einen kleinen Koffer dabei und ihre Zeugnisse in der Hand. Ich stellte sie ein und sie war eine Bereicherung für unser Haus. Nicht wahr, Mr Beanstock?“

„In der Tat, das war sie. Sie wird uns allen fehlen.“

„Erinnert Ihr Euch noch an die Sache mit dem Kamin im Salon?“, fragte lächelnd die Köchin. Allgemeines Grinsen war die Antwort.

„Sie hatte vergessen, dass der Schornsteinfeger auf dem Dach war und wollte Feuer machen. Also steckte sie ihren Kopf in den Kamin, um das Feuerholz ordentlich zu schichten und dann kam von oben eine Wolke Russ. Sie hustete noch am nächsten Tag, glaube ich. Lady Fedora ordnete Brustwickel an. Ihr Kleid war ruiniert und ihre Füße hinterließen im gesamten Haus schwarze Tapsen.“

Mrs Porkpie wischte sich eine Träne aus den Augen. Phillis stellte einen duftenden Topfkuchen auf den Tisch und schnitt ihn in Teile.

„Den mochte sie ganz besonders“, sagte sie leise in die Runde. „Wie furchtbar traurig, dass wir ihre einzigen Freunde waren. Hat man denn wirklich niemanden finden können, Mr Beanstock?“

„My Lady hat versucht über ihren Anwalt etwas zu erfahren. Und Mrs Argyle hat an den Pfarrer des Ortes geschrieben, in dem sie getauft worden war.
Leider gab es da wohl nur eine Tante und diese Dame ist vor Jahren gestorben."
Der Butler erhob sich, nickte in die Runde und ging in den Salon. Die Baronets saßen still bei ihrem Tee. Junior hatte sich leise unter den Tisch geschoben und fühlte instinktiv die gedrückte Stimmung. Das Gedeck des Verlegers war unberührt.

„Kann ich noch etwas für Sie tun, Sir, My Lady?", fragte der Butler.

„Sie können abräumen. Bringen Sie mir bitte einen Whiskey, Beanstock", bemerkte Sir Percival.

Beanstock richtete sich an Sir Percival.

„Darf ich fragen, wo sich Mr Van Horten aufhält? Ich müsste dringend mit ihm sprechen."

Lady Fedora schien gar nicht bemerkt zu haben, dass der Verleger beim Tee gefehlt hatte. „Er macht vielleicht einen Spaziergang. Das Wetter ist ja besser. Ich habe ihn seit Priscillas Beerdigung nicht mehr gesehen. Es fällt mir jetzt erst auf. Wo kann er denn sein, Darling?", richtete sie ihre Frage an ihren Mann.

Der Baronet zuckte nur mit den Achseln.

„In der Bibliothek ist er jedenfalls nicht. Als ich mir vorhin ein Buch holte, war er nicht dort. Was ist das denn für ein Benehmen? Man geht und kommt doch als Gast nicht, wie man will. Ungehörig! Ich rate dir dringend den Verlag zu wechseln, mein Mädchen. Unser Hausknecht benimmt sich ja besser."

Fast wäre der Baronet wieder in seine polternde Sprechweise gerutscht, nahm sich aber noch einmal zusammen. Beanstock brachte das Tablett in die Küche und nachdem er den Baronets Whiskey serviert hatte, ging er mit Gonzales zur Garage. Er wollte nachsehen, ob der Wagen des Verlegers noch dort stand. Es könnte durchaus sein, dass er sich heimlich, während man mit den Begräbnissen beschäftigt war, davongemacht hatte. Beanstock wollte ihn etwas Bestimmtes fragen. Seit Tagen hatte er auf eine günstige Gelegenheit gewartet, aber der Verleger war nie zu sprechen gewesen.

Gonzales öffnete die Garage, in dem der Atalante stehen müsste. Er stand dort, wie am ersten Tag.

Beanstock begab sich zurück in die Küche, wo man bereits den Tisch abgeräumt hatte und das abendliche Dinner vorbereitete.
Mrs Argyle hatte die ersten Bewerbungen für die Stelle des Hausmädchens bekommen, nachdem sie eine Agentur in London beauftragt hatte.
Nun wartete sie auf den Butler um sie durchzusehen.
Bei der Auswahl des Personals musste sie ihn mit einbeziehen.

„Ist Irgendjemandem der Verbleib des Verlegers Mr Van Horten bekannt. Hat jemand gesehen, ob er das Haus verlassen hat?“, fragte der Butler in die Runde.

Niemand antwortete.

Mrs Argyle bemerkte schließlich etwas. „Also im Zimmer ist er nicht. Ich habe vor einer halben Stunde durch Harrison den Kamin säubern lassen. Ist er vielleicht in der Bibliothek zum Arbeiten?“

„Nein, der Wagen steht auch noch in der Garage. My Lady bemerkte, dass er eventuell einen Spaziergang machen würde. Mh.“ Beanstock war nicht überzeugt. Er erkannte die Notwendigkeit, das Zimmer Van Hortens zu durchsuchen. Er wollte nicht länger warten. Durfte er diese Indiskretion wirklich begehen?

Das Telefon klingelte. Filomena Arbuckle erschrak und schrie auf. Phillis wurde blass und Mrs Porkpie ließ den Löffel in die Suppe fallen. Bei allen Anwesenden lagen nach den Vorkommnissen die Nerven blank.

Da Beanstock wusste, dass My Lady und Sir Percival sich zur Ruhe begeben hatten, ging er zu dem Apparat an der Wand der Küche und nahm ab.

„Parsley Manor, Mr Beanstock am Apparat, was kann ich für Sie tun?"

„*Daisy-Chain*!", meldete sich eine leise Stimme am anderen Ende des Telefons.

Beanstock lächelte breit. Automatisch griff seine linke Hand zum Revers seines Jacketts. Er fühlte nach dem runden Anstecker. Das kleine unscheinbare Gänseblümchen war kaum zu erkennen. In Parsley Manor wusste ausschließlich Beanstock um die Bedeutung dieses Kleinods.

Einige Kilometer entfernt spielte sich in der Zwischenzeit etwas anderes ab. Das alte Haus der Hillmans lag wie eine immerwährende Drohung vor den Augen Mr Van Hortens. Er hätte seinen Wagen nehmen können, aber das war ihm zu unsicher erschienen. Man hätte ihn beobachten können. So hatte er den Weg durch die Felder genommen. Ungehalten sah er auf seine schmutzigen, handgearbeiteten Schuhe hinab. Eine dicke Zornesfalte bildete sich zwischen seinen Augenbrauen. Schlammige Stücke hatten das feine Leder ruiniert.

Er zog sein feines Taschentuch aus der Tasche und versuchte den Schlamm zu beseitigen. Würde er denn niemals von diesem fürchterlichen Ort fort kommen? Was hatte man schon in der Hand gegen ihn? Nichts wirklich Konkretes. Man konnte es nicht nachweisen. Dieses außergewöhnliche Gift war seine Kreation. Aber warum war er dann hier? Er verstand sich selbst nicht.

Die Angst, seine mühsam erworbene Existenz zu verlieren, schnürte ihm die Kehle zu. Nach so vielen Jahren hatte er sich sicher gewähnt. Und nun kam da jemand, der sein Geheimnis kannte und ihm drohte. Die kleine Erpresserin war er ohne Probleme losgeworden. Sie hatte sich sozusagen selbst ermordet. Er musste lächeln. Van Horten griff in seine Jackentasche und fühlte das kalte Metall seines Revolvers.

Dunkle Wolken jagten über den Himmel. Wenn es jetzt wieder regnen würde, wäre auch der Anzug verdorben. Er sah zu der dunklen Fassade hinauf. Das Haus war in streng klassizistischem Stil gebaut worden. Über dem Eingangsportal erhob sich ein Dreiecksgiebel mit angedeuteten Säulen vom Dach bis zum Boden. Die hohen Fenster waren mit Blumengirlanden aus grauem Stein verziert. Viele von diesen Verzierungen waren unvollständig und zerbrochen, die hohen Fenster dunkel.

War es einst ein schönes Landhaus mit einem blühenden englischen Garten gewesen, sah man nun nur noch Verfall und Leblosigkeit. Überall türmte sich altes Laub und verwelkte Pflanzen. Es raschelte im hohen Gras. Längst hatten die vierbeinigen Besucher das alte Gemäuer für sich entdeckt und sich gemütlich in dunklen Ecken und unter alten Schränken eingerichtet.

Van Horten stieg die Stufen zum Eingang hinauf. Die Tür war nur angelehnt. Er drückte sie vollständig auf. Das Knarren der hohen Holztür schien sich bis in das oberste Geschoß hinauf zu arbeiten und mit einem Echo zurückzukommen.

Im wenigen Licht konnte man erkennen, dass die Einrichtung noch vorhanden war. Weiße Tücher, mit dem Staub der Jahrzehnte behaftet, lagen auf Sofas, Tischen und Schränken. Ein schwacher Lichtschein schien von dem obersten Stockwerk zu kommen. Van Horten ging auf die breite Treppe zu und lauschte nach oben. Kein Geräusch war zu vernehmen. Stufe für Stufe schritt er vorsichtig empor. Das Licht kam aus einem Raum in der ersten Etage.

„Wie verabredet, ich bin hier. Bringen wir es hinter uns!“, rief Van Horten hinauf. Seine Stimme klang unnatürlich laut und hallte in der Stille. Er stieß die Tür zum Zimmer auf und hielt seinen Revolver fester. Das Zimmer schien leer, bis auf einen runden Mahagonitisch in der Mitte. Das Holz glänzte, als wäre es gerade von einem aufmerksamen Hausmädchen poliert worden. Auf dem Tisch stand ein Leuchter mit einer einzelnen Kerze, die nur einen begrenzten Lichtkreis um den Tisch erhellte. Daneben sah Van Horten etwas, was ihm ein Lächeln ins Gesicht zauberte. Er nahm seine Hand vom Revolver und aus seiner Jackentasche, um danach zu greifen. Als er es berührte verspürte er einen leichten Stich. Er nahm seine Hand erschrocken zurück und sah einen kleinen Blutstropfen an seinem Finger.

„Doktor Richard Mc Lean, endlich treffen wir uns zu einem kleinen Plausch.“
Die Stimme kam urplötzlich aus der Dunkelheit des Zimmers.

Van Hortens Hand schoss zurück in die Tasche zu seinem Revolver.

„Mein Name ist Van Horten“, versetzte der Verleger zornig.

„Natürlich, ich weiß. Sieh dir doch die Dinge auf dem Tisch etwas näher an. Ich habe dir doch in der Kirche bereits davon berichtet. Na los, keine Angst, sieh dir die kleinen Nichtigkeiten an, die ein hübsches, unschuldiges Ding wie einen kostbaren Schatz behütete."

Der Verleger trat näher heran.

Die Dinge waren auf dem Tisch sorgfältig arrangiert worden. In der Mitte neben dem Leuchter stand eine kleine Holzkiste mit einer dunkelroten leicht verblassten Rose auf dem Deckel. Daneben war ein seidenes Tuch ausgebreitet worden, wie eine Tischdecke für die kleinen Dinge darauf. Ein rostiger Schlüssel, ein breites schwarzes Samtband, eine verblichene Kinoeintrittskarte und ein billig wirkender rosafarbener Ring. Neben diesen Dingen lag das was Van Horten gesucht hatte, das goldene Zigarettenetui Priscilla Hillmans. Es war aufgeklappt und man sah drei intakte Zigaretten und einen Zigarettenstummel darin. Die filigrane Schrift im Deckel schimmerte. Der Vanilleduft von *Shalimar* hing wie eine Drohung im Raum.

„Ich war dort an jenem Tag, weißt du Richard? Ich darf doch Richard sagen? Wir kennen uns doch schon so lange."

„Ich kenne Sie nicht und ich heiße nicht Richard", stieß Van Horten hervor und rieb mit seiner Hand über seine schweißnasse Stirn. Ihm wurde langsam schwindlig bei dieser Farce. Er wollte eigentlich nur das Etui greifen und fortlaufen.

„Richard, Richard, Richard. Geht es dir nicht gut? Was bin ich für ein schlechter Gastgeber. Bitte setz dich doch."

Mit einem quietschenden Geräusch flog aus einer der dunklen Ecken ein Sessel auf den Verleger zu. An der Kante des Tisches kam er zur Ruhe, ein roter Plüschsessel mit goldfarbenem Muster.

„Ist er nicht wunderschön, dieser Sessel? Ich kann es vor mir sehen, wie die kleine Priscilla darin gesessen hat und mit ihren

Puppen spielte. Siehst du es auch, Richard? Oder nein, warte! Du siehst vielleicht ihre Schwester Emely, oder? Mit ihr hast du doch sicher großen Spaß gehabt damals in Bedlam?“

Van Horten hatte sich mühsam auf dem Sessel niedergelassen. Er verstand nicht, was mit ihm passierte. Wieso war ihm so schwindlig? Der zarte Stich fiel ihm ein. Er sah auf seinen Finger. Der Blutstropfen war verschwunden und die Einstichstelle nahm eine leichte Blaufärbung an. Er war einmal Arzt gewesen, er wusste genau, was das bedeutete. Aber sein Verstand funktionierte nicht mehr richtig. Sein Blick schnellte zu dem Zigarettenetui. An der Seite steckte eine winzige Nadel. Fast nicht zu sehen.

„Ich muss mich wirklich bei dir entschuldigen. Ein kleiner Stich und ich habe deine volle Aufmerksamkeit, nicht wahr? Sonst wäre es anders gekommen. Was wollte ich denn noch unbedingt erzählen, bevor du nicht mehr bei mir bist?“

Schritte erklangen in der Dunkelheit. Jemand lief im Zimmer auf und ab.

„Oh ja, also ich war dort an jenen Abenden. Ich wollte sie doch so gern sehen. Priscilla war wunderschön, findest du nicht? Fast hätte sie mich unter ihrem Fenster entdeckt. Aber ich kam davon. Warum hast du solche Angst gehabt? Ihr Tod war absolut nutzlos. Sie hat dich erkannt, aber sie wäre in ihre Welt zurückgekehrt und du hättest dein nutzloses Leben weiterführen können. Und dann die hübsche kleine Bernice. Ts Ts Ts! Richard, das war wirklich böse. Du hast ihren Tod wissentlich in Kauf genommen. Vielleicht hast du ihr sogar noch Feuer gegeben für ihre erste Zigarette an jenem Abend. Ich habe sie gesehen. Da war es schon zu spät und deshalb sind ihre Schätze jetzt hier bei uns beiden und erfreuen uns."

Van Horten konnte sich nicht bewegen. Er konnte nur zuhören. Diese spezielle Droge hatte er seinen Patienten gespritzt, wenn sie nicht nach seiner Pfeife getanzt hatten. Sinnlos nach dem Revolver zu greifen. Er kannte die Wirkung des Medikaments genau.

Eine schmale Hand griff aus der Dunkelheit nach der Holzschachtel und legte die Dinge, die Bernice so viel bedeutet hatten, zurück. Van Horten beobachtete den Vorgang mit wachsender Angst. Die Schachtel verschwand aus seinem Gesichtsfeld. Mit einem leisen Krächzen flüsterte er etwas in die Richtung seines unsichtbaren Gastgebers. Neben seinem Mund erschien ein Schatten. Jemand beugte sich zu ihm herab.

„Hast du mir doch noch etwas zu sagen?"

Dr. Richard McLean lief der Schweiß nun in kleinen schmutzigen Schlieren über das Gesicht. Er flüsterte etwas in das Ohr und hatte dabei ein boshaftes Lächeln auf den Lippen. Eine schmale Hand legte sich auf seine Schulter und verkrampfte sich. Dann verschwand der Schatten aus seinem Gesichtskreis wieder.

„Und du konntest das natürlich nicht für dich behalten, nicht wahr?" flüsterte die Stimme aus der Dunkelheit. Kurz darauf flog ein Strick auf den Tisch, mit einer kunstvoll geknüpften Schlinge, wie ihn der Henker von London verwendete. Ein leichtes Zucken durchlief den Körper des Verlegers.

„Siehst du, Dr. Richard McLean, Doktor der Psychiatrie und Absolvent der renommierten Cambridge-Universität, so endet ein Mörder. Du hättest nicht nach Parsley Manor kommen sollen, mein Freund. Ich habe dich lange Zeit gesucht und hätte dich wahrscheinlich niemals gefunden, wenn du nicht zu mir gekommen wärst. Grüße doch bitte Emelys und Priscillas Tante Agatha von mir, wenn du in der Hölle angekommen bist. Ihr kennt euch ja, nicht wahr? Du hast dich sehr gut mit dieser alten unfreundlichen Dame verstanden, wie ich hörte."

Die Kerze erlosch.

Es wurde dunkel um Dr. McLean.

„Die große Dame der Kriminalliteratur, Agatha Christie, sagte einmal so treffend: *"Alle Verfehlungen werfen lange Schatten".* Sehen wir doch mal, wie lang dein Schatten ist, wenn du hängst."

13. Daisy – Chain

„*Daisy-Chain*", erwiderte Beanstock auf die Worte des Anrufers. Nach einer kurzen Pause antwortete eine ruhige Stimme am anderen Ende.

„Black hier, unser Vertreter im Bethlehem Royal Hospital war erfolgreich.

Er fand aussagekräftige Unterlagen, die als Kopie bereits zu Ihnen unterwegs sind. Ich hoffe wie immer, dass wir helfen konnten. *Daisy-Chain*, Mr Beanstock."

„*Daisy-Chain*, Mr Black. " Beanstock legte langsam den Hörer zurück auf die Gabel. Er dachte nach. Es war also der richtige Weg gewesen, im Hospital nachzuforschen, nachdem er die Geschichte von Mrs Argyle gehört hatte und von dem Tod Emely Hillmans in dieser Klinik wusste.

Gut, dass es diese integre Gemeinschaft gab. Er lächelte und dachte daran, wie alles einst begonnen hatte. Im 19. Jahrhundert war die Lage der Dienstboten schwierig. Der Arbeitstag war lang. Es gab kaum freie Tage und die Arbeit für die Dienstmädchen und Knechte war körperlich sehr schwer und forderte allzu oft ihre Opfer durch Krankheit und Tod.

Ein Butler aus dem hoch angesehenen Haushalt des Lord Clarky of the Ginger Hights war der Begründer einer Gemeinschaft, die sich um die Rechte der Dienstboten verdient machen wollte. Sehr schnell wurde damals aus der reinen Hilfsorganisation eine verschworene Gruppe, die sich wie ein unsichtbares Netz über ganz Groß Britannien ausbreitete. Zu dieser Zeit wurde der Name

Daisy-Chain geboren. Wie ein unscheinbarer Gänseblümchenkranz, der sich zu einer weit verzweigten Kette geformt hatte, operierte die Gruppe im Verborgenen. Der kleine Knopf mit der zarten Blume war das Erkennungszeichen der Mitglieder untereinander. Immer wenn ein Mitglied Hilfe benötigte, war man schnell, effizient und ohne Spuren zu hinterlassen zur Stelle.

Es genügte ein Anruf oder ein Brief mit dem Codewort. Es gab für jeden Ort in Groß Britannien spezielle Ansprechpartner. Und es gab kaum etwas, was nicht in Erfahrung zu bringen war. Dienstboten waren verschwiegen und ein guter Dienstbote war seinen Dienstherren ausnahmslos verpflichtet. Aber sie hörten und sahen oft Dinge, die nicht für die Öffentlichkeit bestimmt waren und wussten oft mehr als die Polizei. Somit war aus der einfachen Hilfsorganisation eine Gemeinschaft geworden, die besser organisiert war, als die Spione seiner Majestät. Es gab geheime Treffen in den Städten und einmal im Jahr sogar eine große Zusammenkunft der oberen Riege von *Daisy-Chain.*

Beanstock hatte die Gemeinschaft noch nicht oft in Anspruch nehmen müssen. In diesem Fall erschien ihm der Aufwand gerechtfertigt. Es musste Licht in das undurchdringliche Dunkel kommen.

Mrs Argyle räusperte sich leise hinter seinem Rücken.

„Könnten wir uns kurz über die Bewerbungen unterhalten, Mr Beanstock?“

„Ja, natürlich. Gehen wir in mein Büro.“

Es dauerte eine ganze Stunde, um drei Bewerbungen aus dem Stapel herauszusuchen, die passend erschienen. Es hatte einige Vorschläge der Londoner Agentur gegeben. Viele junge Mädchen suchten nach einer guten Anstellung so kurz nach dem Krieg. In den Städten war es schwierig. Den meisten blieb der Weg in die Fabrik als letzter Ausweg. Auf Parsley Manor war eine Anstellung für ein ausgebildetes Dienstmädchen sehr erstrebenswert. Man wusste in Dienstbotenkreisen, dass das Personal hier sehr gute Arbeitsbedingungen erwarten konnte. Und die Bezahlung war ebenfalls angemessen. Mrs Argyle würde die Agentur benachrichtigen, dass sich die drei Kandidatinnen in den nächsten Tagen vorstellen sollten. Dann würden sie eine Wahl treffen.

Auch der Butler hatte eine Wahl getroffen. Er ging leise in die Halle und die Treppe zu den Schlafzimmern hinauf. Oben angekommen blieb er stehen und horchte. Kein Geräusch war zu vernehmen.

Beanstock ging zu den Gästezimmern und betrat den Raum, den Van Horten zurzeit bewohnte. Nicht nur die Baronets wären froh, wenn er endlich gehen würde.

Beanstock sah sich um. Es sah aufgeräumt aus. Er vermutete, dass sich Mrs Argyle im Moment persönlich darum kümmern würde.

Der Verleger war mit leichtem Gepäck angereist. Nur ein einziger Koffer stand neben dem Schrank. Beanstock nahm ihn und öffnete ihn auf dem Boden. Er war leer.

Im Schrank hingen der feine Anzug vom Empfang und ein sportliches Jackett, sowie einige helle Hemden. Unten standen ein paar sehr feine Schuhe aus schwarzem Lackleder. Er schloss leise den Schrank. Die Kommode in der hinteren linken Ecke war, bis auf Strümpfe und Unterwäsche, leer. In dem kleinen Bad fand er nur ein paar Toilettenartikel, eine Parfümflasche, ein Rasiermesser nebst Seifenschale und Pinsel, sowie eine Haarbürste.

Die schwarze Aktentasche fiel ihm ein. Er sah sich danach um. Schließlich entdeckte er sie unter dem Bett. Darin waren, wie sollte es anders sein, Akten und Briefe, nichts Persönliches. Enttäuscht legte er sie zurück unter das Bett, als ihm etwas auffiel.

Unter der Kommode in der Ecke lugte etwa hervor. Es war nur ganz winzig, ein längliches Stück Stoff oder Leder. Er konnte es kaum erkennen. Aber dort gehörte es mit Sicherheit nicht hin. Er rückte vorsichtig die Kommode nach vorn und bückte sich nach hinten zur Wand. Jemand hatte versucht, auf dem schmalen Absatz an der Rückwand, etwas zu deponieren. Es sah aus wie ein flaches Etui aus dunklem Leder. Wahrscheinlich war es zur Seite gerutscht und deshalb hatte der Butler die schwarze Lederlasche bemerkt. Er wäre niemals darauf gestoßen, wenn er nicht unter das Bett gesehen hätte.

Beanstock nahm aus seinem Jackett die weißen Handschuhe, die er stets mit sich führte. Silber musste geputzt werden, Gemälde vorsichtig abgenommen oder die Kleidung des Baronets vorbereitet werden. Man sollte nirgends Fingerabdrücke auf den Kostbarkeiten der Herrschaft hinterlassen. So etwas lernte man auf jeder guten Butlerschule.

Schnell streifte er sie über und angelte das Ding hervor. Es war ein längliches Etui mit einem Reißverschluss. Er öffnete es und ein wissender Ausdruck erschien auf seinem Gesicht. Neben ein paar Tütchen weißen Pulvers, wie die Polizei sie bei Miss Hillmann gefunden hatte, lagen zwei Spritzen und mehrere kleine Glasphiolen mit farbigen Flüssigkeiten darin.

Auf dem Flur vor dem Zimmer waren Schritte zu hören. Beanstock entnahm eine der gelblichen Phiolen, schloss das Etui und legte es wieder zurück an Ort und Stelle. Vielleicht würde diese Flüssigkeit Dr. Seekers gesuchte Giftprobe sein und den Beweis liefern.

Schnell ging er zur Tür und legte sein Ohr daran. Sollte Mr Van Horten zurückkommen? Was sollte er sagen, warum er in dessen Zimmer war? Blitzschnell legte er sich eine Ausrede zurecht, als die Türklinke sich langsam und vorsichtig bewegte und die Tür aufschwang.

„Mr Beanstock?", tönte eine erschrockene Stimme.

Beanstock atmete auf.

„Harrison, was gibt es denn?"

Der Knecht kam mit einem Eimer und einem Plunger, dem kleinen Helfer des Klempners in Not, in das Zimmer.

„Mrs Argyle hat mich gebeten, nach der Toilette zu sehen. Sie ist wohl verstopft, meinte sie. Entschuldigen Sie, wenn ich später wieder…"

Der Butler unterbrach ihn.

„Das Toilettenbecken? Soso. Nein, tun Sie, wie Ihnen aufgetragen wurde. Ich komme gleich mal mit. Sehen wir doch einmal, was damit los ist."

Der Hausknecht sah ihn verblüfft an.

Mr Beanstock? Der Butler wollte ihm beim Reparieren einer Toilette helfen? Harrison zuckte die Schultern und ging in das Bad nebenan. Er hatte schon seltsamere Dinge in diesem Haus erlebt.

Beanstock öffnete den Deckel am Toilettenbecken und zog an der Kette. Ein gurgelndes Geräusch war zu hören. Das Becken lief voll.

„Tatsächlich, es läuft nicht richtig ab. Walten Sie ihres Amtes Harrison", versetzte der Butler.

Harrison kratzte sich nervös am Kopf. Aus dem Eimer erschien der Plunger und Harrison begann zu pumpen. Es dauerte einige

Minuten. Dem Knecht standen Schweißperlen auf der Stirn. Schließlich kamen eigenartige Stäbchen zum Vorschein.

„Was 'n das?“, staunte Harrison und die beiden Herren beugten sich über die Toilettenschüssel.

Auf dem gurgelnden Wasser tanzten schmale Röhrchen auf und ab. Dazwischen schwammen dünne, bräunliche Fasern. Beanstock griff sich den Plunger von Harrison, drehte ihn um und angelte mit dem Holzstiehl etwas davon heraus. Die beiden Herren sahen sich an.

„Sieht wie Tabak aus, Mr Beanstock.“

„Sie sagen es, Harrison. Das ist Tabak und diese aufgeweichten Röhrchen, waren einmal Zigaretten. Eine ganze Menge muss hier versenkt worden sein, um die Toilette zu verstopfen. Wahrscheinlich eine ganze Packung.“

„Aber, wenn der Mann nicht rauchen will, kann er die doch in den Papierkorb werfen? Verstehe ich nicht.“ Harrison kratze sich erneut zerstreut am Kopf.

„Nun, das Wichtigste an diesem Sachverhalt ist, Mr Van Horten raucht gar nicht. Harrison, lassen Sie die Toilette, wie sie ist.“

Nun verstand der Knecht gar nichts mehr. „Aber die kann der Herr doch so nicht benutzen, Mr Beanstock, und Mrs Argyle hat mir gesagt…“

Er wurde erneut von Beanstock unterbrochen.

„Ist schon in Ordnung, Harrison, ich kläre das mit Mrs Argyle. Aber diese Sache hier muss erst die Polizei untersuchen.“

Harrison riss die Augen weit auf. Mit offenem Mund betrachtete er die Toilettenschüssel. Jetzt dreht unser Butler durch. Das war alles einfach auch für ihn zu viel. Nun sieht er sogar in einem verstopften Toilettenbecken eine Bedrohung. Diese Gedanken flogen wie wild gewordene Fragezeichen durch Harrisons Kopf. Er nahm schnell seinen Eimer und den Plunger und ging aus dem Zimmer.

Beanstock hatte nun keine Wahl mehr. Er musste die Polizei benachrichtigen. Eigentlich wollte er erst noch auf die Unterlagen aus London warten, aber diese Sache duldete keinen Aufschub mehr. Er überlegte, wie er Mrs Argyle aus der ganzen leidigen Angelegenheit heraushalten könnte. Es würde schwierig sein. Aber sie wusste um das Problem. Er hatte sie bereits darauf hingewiesen, als er immer mehr Verdachtsmomente gegen den Verleger gefunden hatte. Trotzdem würde er es versuchen. Sein Weg führte ihn zum Telefon in der Halle. Er wählte die Nummer der kleinen Parsley Field Polizeistation und hörte den Klingelton.
Fast augenblicklich wurde der Hörer abgenommen und Beanstock vernahm die aufgeregte, helle Stimme des Constable.

„Parsley Field Polzeistation, am Apparat Constable Thomas Devin Donegal, vertretungshalber leitender Officer, Inspector Richard Greenwood zurzeit unabkömmlich, was haben Sie zu melden!"

Beanstock sah den Constable vor sich. Sicher hatte er die Order seines Vorgesetzten wortwörtlich notiert und ratterte sie nun bei jedem Anruf vollständig herunter. Eigentlich saß die kleine Miss Watson am Polizeitresen und nahm sämtliche Gespräche entgegen.

Beanstock stutzte kurz. „Ja, Constable, wo finde ich den Inspector? Es ist äußerst wichtig."

Beanstock hörte, wie der Mann in seinem Notizblock umblätterte.

„Der Inspector befindet sich in London zu einer Tagung. Was haben Sie zu melden?“

Beanstock verdrehte die Augen. „Ich habe wichtige Verdachtsmomente zu melden im Fall der beiden ermordeten Frauen. Das sollte der Inspector sofort erfahren.“

„Soso, Sie haben Verdachtsmomente. Der Inspector ist in Londo..., das sagte ich schon…was haben Sie zu meld…“, Constable Donegal bemerkte, dass er soweit bereits gekommen war. Beanstock hörte wiederum das Umblättern im Notizblock. Nun wurde der Butler ungehalten.

„Constable, wenn es denn nicht anders geht, wäre es besser, wenn Sie hierher zu uns kommen und ich Ihnen vor Ort die Sachlage erkläre.“

Stille am anderen Ende der Leitung. Räuspern.

„Nun, äh“, man konnte den Polizisten denken hören, „gut, ich werde kommen. Äußerst dumm, dass Miss Watson zurzeit wieder ihren schlimmen Husten hat. Sie wissen vielleicht, wie ihr der Husten oft zu schaffen macht und dann hilft nichts, aber auch gar nichts. Dann ist unsere Polizeistation nicht gut besetzt.“ Blättern war zu hören. „Dann werde ich jetzt wohl die Station sich selbst überlassen müssen, obwohl der Inspector das sicher nicht gut findet.“ Man hörte den Constable umblättern. „Keine unnötigen Ausflüge in die Umgebung unternehmen, hat der Inspector gesagt.“ Der Hörer wurde aufgelegt.

Beanstock griff nach seinem Taschentuch, um sich die Stirn trocken zu wischen. Er stöhnte kurz auf, straffte dann seine Schultern, zog das Jackett zurecht und ging zur Eingangstür, um den Polizisten zu erwarten. Es dürfte nicht lange dauern. Es dauerte eine geschlagene halbe Stunde. Zu Beanstocks Erstaunen kam der Constable auf einem Fahrrad. Man sah dem Polizisten die Anstrengung an, denn das eine oder andere Bier mit seinem Freund Sean O'Donoghue hatte bereits eine kleine Wölbung in seiner Bauchgegend hinterlassen. Das alte Dienstfahrrad war lange nicht geölt worden und quietschte bei jedem Tritt des Polizeistiefels. Als er den Eingang endlich erreicht hatte und umständlich abgestiegen war, lehnte er sich schwer atmend auf den Fahrradlenker. Er holte tief Luft und flüsterte dann atemlos: „Der Inspector hat das Dienstfahrzeug in London, natürlich. Was ist also so wichtig, Mr Beanstock?"

Der Butler nahm ihm kurzerhand das Fahrrad ab und stellte es an die Seite.

Als er sich umdrehte, hatte der Constable bereits seinen Notizblock und einen vorschriftsmäßig angespitzten Bleistift gezückt. In diesem Moment kam Harrison mit einem Besen aus der Tür. Als er den Constable sah, kratzte er sich verlegen am Kopf. Im Vorbeigehen beugte er sich zu dem Polizisten und raunte ihm verlegen zu: „Die Toilette im Gästezimmer ist verstopft."

Constable Donegal spitzte die Lippen und riss seine Augen weit auf.

„Mr Beanstock! Er wippte mit den Füßen auf und ab. „Wie muss ich das verstehen? Sie haben mich gerufen, weil eine Toilette verstopft ist? Das ist eine Vergeudung der polizeilichen Ressourcen und nicht akzeptabel."

Beanstock verdrehte die Augen.

„Natürlich habe ich Sie nicht nur deshalb her zitiert. Begleiten Sie mich nun bitte hinein?" Ein strafender Blick traf den Hausknecht, der sich schnell mit seinem Besen an die Arbeit machte. Auf dem Weg nach oben, kamen Ihnen die Hausherren entgegen.

„Beanstock, was hat das zu bedeuten?“, wollte Sir Percival erstaunt wissen.

„Sir, ich habe einige wichtige Erkenntnisse, die ich der Polizei mitzuteilen gedenke. Leider belasten diese Dinge vor allem den Herrn Verleger My Ladys. Ich hatte keine andere Wahl und hoffte in Ihrem Sinne zu handeln.“

Beanstock war stehen geblieben und war sich gar nicht mehr so sicher, ob er nicht erst seine Herrschaft hätte in Kenntnis setzen müssen.

Lady Fedora beruhigte ihn. „Wie Sie wissen, genießen Sie unser absolutes Vertrauen und ich weiß, Sie haben richtig gehandelt. Wir kommen gleich einmal mit, wenn es Ihnen nichts ausmacht, Constable?“

Der Polizist schüttelte den Kopf. Als die kleine Gruppe am Gästezimmer des Verlegers angekommen war, erklärte Lady Fedora beunruhigt, dass sie sich gar nicht wohl dabei fühle, das Gästezimmer ihres Verlegers in dessen Abwesenheit zu betreten.

„Es lässt sich wohl nicht umgehen, Darling“, stellte ihr Gatte fest und man sah ihm die Neugier deutlich an.

Sie betraten das Zimmer. Der Butler begann die Ergebnisse seiner Detektivarbeit zu erklären. Donegal notierte fleißig, um kein Wort zu vergessen.

Beanstock warf einen unruhigen Blick auf Lady Fedora.

„Aus einer gut informierten Quelle habe ich bereits vor einigen Tagen erfahren, dass Van Horten wahrscheinlich nicht der richtige Name Ihres Verlegers ist, My Lady. Außerdem erfuhr ich, dass er vor dem Krieg im Bethlehem Royal Hospital für psychisch Kranke als Psychiater gearbeitet haben soll."

Lady Fedora erblasste.

„Was wollen Sie mir da sagen? Das kann doch aber nicht Ihr Ernst sein, Beanstock? Es handelt sich sicher um eine Verwechslung!"

„Leider werde ich aussagekräftige Beweise erst in ein paar Tagen in den Händen haben. Nehmen wir bis dahin einmal an, es würde stimmen. Somit erkannte Mr Van Horten bei seiner Ankunft Miss Inga Hillman. Wie My Lady sicher wissen, wurde Miss Emely Hillman bis zu ihrem tragischen Tod im Bethlehem Royal Hospital behandelt. Ich nehme an Mr Van Horten, bleiben wir vorerst bei diesem Namen, fühlte sich wegen irgendeiner Angelegenheit aus der Vergangenheit ertappt. Ich kann nur vermuten, dass es mit dem Tod Emely Hillmans zu tun hatte. Bevor etwas ans Licht kommen würde, plante er lieber einen schändlichen Mord."

Sir Percival nahm schnell den Arm seiner Frau und setzte sie auf den Rand des Gästebettes. Sie nahm ein Taschentuch aus ihrer Blusentasche und fächelte sich aufgeregt Luft ins Gesicht.

„Aber auch dafür haben Sie keinerlei Beweis, oder Mr Beanstock?", fragte sie atemlos.

„Sicher erinnert sich Lady Fedora an den ausschweifenden Zigarettenkonsum Miss Inga Hillmans. Am Tag ihres Todes verschwand das goldene Zigarettenetui spurlos. Da der Rechtsmediziner Gift diagnostizierte, das durch die Atmung aufgenommen wurde, denke ich, Mr Van Horten hat die Zigaretten in dem Etui ausgetauscht. Er hat vergiftete Zigaretten hineingetan.

Ich weiß, Inspector Greenwood verfolgte ebenfalls die Spur der Zigaretten. Der Rechtsmediziner vermutete Rizin, farblos, geruchlos, geschmacklos, im wahrsten Sinne des Wortes. Dr. Seeker wusste von einem Zufallsfund nach dem Krieg. Dabei entdeckte man in einem unbenutzten Lagerraum Rizin und medizinische Unterlagen über geheime Experimente an Menschen.

Van Horten hatte nach dem Mord nicht die Gelegenheit das Etui wieder an sich zu nehmen. Bernice nahm es sich an jenem Morgen, als sie Miss Hillman fand. Bernice muss irgendetwas am Tag des Empfangs beobachtet haben. Vielleicht hatte sie gesehen, dass der Verleger sich an dem Etui zu schaffen machte. Letztendlich hat sie zu diesem Zeitpunkt aber nicht geahnt, dass die Zigaretten vergiftet waren. Sie versuchte wohl Van Horten zu erpressen. Ein schwerer Fehler. Am Tag der Vernehmung durch den Inspector konnte ich eine hitzige Diskussion zwischen Bernice und Van Horten beobachten. Der Verleger wusste, dass sie ebenfalls gern rauchte und nahm deshalb ihren Tod mit voller Absicht in Kauf. Ich fand bei Bernice Leiche einen Brandfleck auf der Kleidung, aber nirgends eine Zigarette. Van Horten muss sich das Etui nach dem Tod des Mädchens geholt haben. Aber, wie gesagt, ich habe es nirgends gefunden. Was ich fand, ist eine verstopfte Toilette."

Constable Donegal sah von seinem Block auf und räusperte sich.

„Das kommt in den besten Familien vor, Mr Beanstock."

Der Constable, Sir Percival und Beanstock gingen in das kleine Bad und zum zweiten Mal an diesem Tag beugten sich ein paar Herren darüber, um interessiert nach dem Inhalt zu sehen.

„Als Harrison die Verstopfung beseitigen wollte, fanden wir dort eine große Menge Papier und zerfallene Zigaretten vor. Da der Verleger nicht raucht, bringt mich das zurück zu den vergifteten Zigaretten. Er hat das Zigarettenetui nach Bernice Tod genommen, die restlichen Zigaretten hier entsorgt und das Etui verschwinden lassen."

„Aber mein guter Beanstock. Wo sind die Beweise? Was sind schon ein paar Zigaretten, die im Toilettenbecken herum schippern!", polterte Sir Percival.

„Und", gab der Constable mit erhobenem Zeigefinger zu bedenken, „nachdem die Zigaretten hier in der Toilette schwimmen, wird der Rechtsmediziner kein Gift mehr nachweisen können."

„Nun", Beanstock ging zu der Kommode und rückte sie nach vorn. Er brachte das schwarze Etui zum Vorschein und öffnete es.

„Sehen Sie das? Ich bin fast sicher. Wenn der Rechtsmediziner diese Ampullen auf Gift testet, wird er fündig werden. Und hier haben wir auch diese kleinen Tütchen mit dem weißen Pulver, die er wahrscheinlich Miss Hillman untergeschoben hatte, um von seiner Tat abzulenken. Es sollte nach einer Überdosis Kokain aussehen."

Der Butler übergab dem Constable das Etui. Dann fiel ihm die kleine Ampulle ein, die er entnommen hatte. Mit einem Hüsteln nahm er sie aus der Tasche und steckte sie zurück in das Etui.

Der Constable schüttelte nur den Kopf.

„Welche Informationen erwarten Sie denn noch? Sie sagten, dass Beweise unterwegs wären, um die Identität des Herrn Van Horten zu klären?", fragte der Constable, nachdem er seine Notizen überflogen hatte.

„Meine Informationsquelle in London wird mir hoffentlich Unterlagen schicken, die beweisen, dass Emely Hillman ebenfalls an einer Vergiftung gestorben ist. Und wir werden den Beweis in

Händen haben, dass Mr Van Horten in Bedlam gearbeitet hat und Experimente an seinen Patienten durchführte."

Constable Donegal steckte seinen Bleistift an die Seite des Notizblocks.

„Das ist genug für einen angemessenen Verdacht. Ich werde den Inspector sofort in London anrufen. Wo befindet sich Mr Van Horten im Moment? Ich werde ihn zum Verhör mit auf das Polizeirevier nehmen bis der Inspector eintrifft."

Alle Anwesenden sahen sich betroffen an.

„Wir haben keine Ahnung, wo mein Verleger ist. Wir suchen bereits seit dem frühen Morgen nach ihm", antwortete Lady Fedora.

„Darf ich Ihr Telefon benutzen My Lady?", fragte der Constable mit einer leichten Verbeugung, „und es sollte niemand mehr dieses Zimmer betreten, bis die Spurensicherung hier war."

Sir Percival nickte zustimmend.

Der Constable ging nach unten in die Halle und wählte eine Nummer. Nach einiger Zeit hörte man ihn nach Inspector Greenwood fragen. Es dauerte einige Minuten. Dann meldete sich der Inspector. Der Constable las ihm seine Notizen vor. Kurz darauf legte er den Hörer zurück auf die Gabel und drehte sich zu den Wartenden um.

„Der Inspector ist auf dem Weg. Die Spurensicherung wird nochmals das Zimmer untersuchen. Ich wurde angewiesen Mr Van Horten zu finden. Haben Sie eine Ahnung wohin er gegangen sein könnte?"

Beanstock erklärte ihm, dass der Wagen noch in der Garage stehen würde. Somit kann er nur zu Fuß unterwegs sein.

„Er könnte natürlich auch zum Bahnhof gegangen sein und den Zug genommen haben“, vermutete Beanstock.

Constable Donegal wollte sich auf den Weg zum Bahnhof machen.

„Vielleicht nehmen Sie lieber den Wagen, wenn Sir Percival es erlauben würde?“, fragte der Butler.

„Natürlich, Sie nehmen den Wagen so lange es nötig ist, Constable.“

Der Polizist ging mit dem Butler in die Garage und nach kurzer Zeit war Gonzales bereit, erneut zu einer detektivischen Mission aufzubrechen. Entschlossen rieb er sich die Hände.

„*El Asesino*, wir kommen, *Maldito*.“

Gonzales fuhr den Wagen aus der Garage. Constable Donegal setzte sich neben ihn auf den Vordersitz. Gonzales sah ihn seltsam abschätzend an. Der Polizist fühlte sich unwohl und strich nervös über seine Haare.

„Warum fahren wir nicht?“

„Señor, doch nicht ohne Mr Beanstock?“

Die hintere Tür wurde geöffnet und der Butler stieg ein.

„Sie müssen nicht mitfahren, Mr Beanstock“, grummelte der Constable, „ das schaffe ich auch allein und der Inspector verlangt die Offenlegung Ihrer Quellen, Mr Beanstock.“

Gonzales blickte über seine Schulter nach hinten und zuckte entschuldigend die Schultern.

„Nein, ich komme gern mit und helfe. Vier Augen sehen besser als zwei.“

Dass er dabei sein wollte, um zu hören, was Van Horten zu sagen hatte, erwähnte er lieber nicht. Auf den Hinweis des Polizisten in

Bezug auf seine Informanten ging er nicht ein. Er würde sich etwas einfallen lassen müssen.

Zuerst fuhren sie zum Bahnhof. Mr Templar saß, wie an jedem Tag um diese Zeit, vor dem Bahnhofsgebäude auf der kleinen Bank und ließ sich seinen Tee schmecken. Es wäre niemand heute Morgen in den Zug nach London eingestiegen, erklärte er auf die Frage des Polizisten. Und es gäbe dann nur noch den Zug heute Abend um achtzehn Uhr. Ja, er würde darauf achten und sofort die Polizeistation benachrichtigen. Beanstock war sich im Klaren, dass die Sache in Windeseile die Runde in Parsley Field machen würde, da der Bahnhofsvorsteher informiert war, dass man Van Horten suchte.

Gut eine Stunde fuhren die drei Herren kreuz und quer durch die Gegend, ohne eine Spur zu finden. Nach einer halben Stunde erschienen bereits die ersten interessierten Gesichter an den Fenstern und einige Minuten später hatte der kleine Pub ungewöhnlich viel Zulauf für diese Uhrzeit. Kleine Bier schlürfende Gruppen bildeten sich rund um den Tresen und diskutierten die möglichen Gründe für die Suche nach diesem eleganten Londoner *Schnösel*. Den *Schnösel* bedachte Sean O'Donoghue mit einer hochgezogenen Augenbraue und einem Räuspern. Denn vor vielen Jahren, als er mit seinen Eltern nach Parsley Field kam und blieb, waren sie die Dubliner *Schnösel* gewesen. Aber er verkniff sich einen Kommentar. So viele zahlende Gäste um diese Tageszeit waren für den kleinen Pub *Jack O`Lantern* eine willkommene Zusatzeinnahme. Also grinste er zustimmend und begann eine leise Melodie zu singen.

Little Jack Horner
Sat in the corner

Eating a Christmas pie
He stuck in the Thumb
And pulled out the plum and said
What a good boy
What a good boy
What a good boy am I?"

Der Suchtrupp unter Constable Donegal fuhr an der Apotheke vorbei und bog schließlich am River Shorty nach rechts ab. Sie fuhren zum Hotel, aber auch dort gab es keine Spur von Van Horten. Am Empfangstresen des Hotels stand eine fremde junge Dame. Beanstock fragte nach Mrs Partridge.

„Ja es ist seltsam, Mrs Partridge ist zum ersten Mal, so lange sie hier angestellt ist, unentschuldigt der Arbeit fern geblieben. Unser Herr Direktor Divari war ziemlich ungehalten heute Morgen." Sie machte ein schuldbewusstes Gesicht. Beanstock dachte an seine letzte Begegnung hier im Hotel mit Mrs Partridge. Er hatte den Eindruck gehabt, dass sie an diesem Tag nicht mit ihm reden wollte.

Auf dem Rückweg durchsuchten sie sogar die alte Klosterruine. Constable Donegal würde ihn zur Fahndung ausschreiben lassen. Nachdem sie den Constable an der Polizeistation abgesetzt hatten, fuhren sie schweigend zurück. Vor dem Haus parkte bereits der Wagen der Spurensicherung.

„Was denken Sie Señor? Wo kann der Herr sein?"

Beanstock schwieg in Gedanken versunken. Nachdem Gonzales den Wagen in die Garage zurückgefahren hatte, stieg der Butler aus und hatte irgendwie das Gefühl, etwas übersehen zu haben.

Gonzales griff sich einen weichen Lappen und begann die Scheiben zu putzen.

„Da hat er so ein wundervolles Auto und lässt es hier stehen. Damit wäre er jetzt schon in Frankreich oder in *la maravillosa Espana*.“ Der Chauffeur pfiff eine leise Melodie.

Beanstock sah ihn überrascht an.

„Aber natürlich! Warum sollte er dieses teure Auto hier stehen lassen. Sie sind ein Schlaukopf Gonzales!“

Beanstock verließ im Laufschritt die Garage. Der Chauffeur sah ihm verwundert nach.

„Was ist ein Schlaukopf? Ist doch kein Schimpfwort oder?“, murmelte er.

Im Haus war inzwischen die Spurensicherung fertig und hatte das Gästezimmer nochmals vollkommen auf den Kopf gestellt. Mrs Argyle stöhnte, als sie das Chaos im Zimmer sah.

„Und noch kein neues Hausmädchen in Sicht.“ Sie ging hinunter in die Halle. Dort sprach gerade der Butler am Telefon mit der Polizeistation. Leider bekam er nicht die gewünschte Auskunft. Der Inspector war auf dem Weg und wurde erst zum Abend erwartet.

„Er hat nicht nur die verräterischen Ampullen hier gelassen, sondern auch sein schnelles Auto, Constable!“, bemerkte Beanstock lächelnd.

Der Constable antwortete verwundert: „Das wissen wir ja nun bereits oder? Was gibt es da noch zu erörtern?“

Beanstock legte den Hörer auf, ohne sich von dem Polizisten zu verabschieden. Seine Gedanken überschlugen sich.

„Mr Beanstock, in ihrem Büro liegt ein Brief. Er kam mit Kurier, als sie unterwegs waren.“

Die letzten Worte von Mrs Argyle hörte der Butler nicht mehr. Mit einem gemurmelten Danke lief er pfeilschnell in Richtung Küche. Er öffnete die Tür und da lag ein großer brauner dicker Umschlag mit einem kleinen weißen Gänseblümchen in der Mitte. Beanstock lächelte. Er riss erwartungsvoll den Umschlag auf. Mehrere vergilbte Blätter und ein dünner hellgrüner Hefter kamen zum Vorschein. Er enthielt nur ein Blatt, mit einer feinen Handschrift beschrieben. Unten auf dem Blatt war ein unleserlicher Stempel zu sehen. Der Butler las und hob dann langsam den Kopf. Er zog sich seinen Stuhl heran und setzte sich.

„Das hätte ich nun aber nicht erwartet“, flüsterte er und das Blatt in seinen Händen zitterte.

14. „Ich vergesse nichts – keine Handlung, keinen Namen, kein Gesicht....“

Es war dunkel. Nur unter der geschlossenen Tür schimmerte ein schmaler Streifen Licht, in dem Staubflocken tanzten.

Sie hob langsam den Kopf und wusste im ersten Moment nicht, wo sie sich befand. Was war denn nur passiert? Ein dumpfer Schmerz hämmerte hinter ihren Schläfen. Sie hatte sich, wie an jedem Morgen, eine Tasse Tee gemacht, ein Stück Toast gegessen und auf den Weg zur Arbeit gemacht. Halt, nein, fuhr es ihr durch den Kopf. Es war gar nicht so? Es stand Tee für sie bereit, als sie in die Küche kam. Sie dachte noch, wie nett von George, vor seiner Runde, Tee für mich zu machen. Der Tee schmeckte nicht besonders gut. Und dann wurde sie so furchtbar müde. An etwas anderes konnte sie sich nicht erinnern, auch wenn sie sich noch so anstrengte. Sie versuchte aufzustehen. Aber sie konnte sich nicht rühren und dann hörte sie Schritte auf dem Flur.

Was war denn das überhaupt für ein Flur? Wo war sie? Was war das für ein altes schmutziges Zimmer, in dem sie saß. Es roch nach Staub, Schmutz und Mäusen. War da nicht ein Trappeln von kleinen Pfoten? Angestrengt versuchte sie etwas zu sehen. Aber es war zu dunkel.

Als sich ihre Augen etwas an die Dunkelheit gewöhnt hatten, traten einzelne schemenhafte Umrisse im Zimmer hervor, ein Schrank, eine Kommode und ein Tisch in der Mitte. Sie saß auf einem harten Stuhl. Die Angst schlich sich, wie eine langsam kriechende Schlange, in ihr Herz.

Die Tür öffnete sich und ein Schatten schlüpfte in das Zimmer. Jemand hinter ihrem Rücken zog die dichten Vorhänge am Fenster einen winzigen Spalt zurück. Nur so viel, dass man einige Dinge im Zimmer besser erkennen konnte.

„Lügen, Lügen, nichts als Lügen", flüsterte eine Stimme in ihrem Nacken.

Ihre Kopfhaut begann zu kribbeln.

„Nicht, dass du mich belogst, sondern dass ich dir nicht mehr glaube, hat mich erschüttert."[2]

Die Gestalt ging im Zimmer herum.

„Nietzsche hat das einmal gesagt, in seinem Buch *Jenseits von Gut und Böse*. Passend, findest du nicht? Sieh dich etwas um, meine Liebe, wir wollen später über deine Verfehlungen sprechen."

Der Vorhang wurde noch in Stück zurückgezogen und etwas mehr Licht fiel in den Raum. Dann hörte sie die Tür zufallen. Schritte entfernten sich und sie atmete auf. Die Stimme kam ihr bekannt vor, aber er hatte sehr leise gesprochen. Nachdem sie sich im Raum umgesehen hatte und erkannt hatte, wo sie sich befand, begann sie erneut zu zittern. Ganz in der Nähe auf der ehemals schönen Kommode aus rötlichem Kirschholz saß eine Puppe. Es war ein Clown mit orangeroten Haaren und einem Grinsen in seinem bemalten Gesicht. Das war die Lieblingspuppe von Emely gewesen. Sie erkannte sie sofort. Niemals würde sie das glückliche Kinderlachen vergessen, als das kleine Mädchen diese Puppe von ihrem Papa bekommen hatte. Emely, mit ihren schönen dunklen Locken und dem kleinen zarten Gesicht. Und

---

2 Friedrich Wilhelm Nietzsche aus „Jenseits von Gut und Böse"

daneben in der Ecke stand der alte Puppenwagen. Die weißen Spitzen waren zerrissen und hingen traurig und schmutzig herunter.

Überall Verfall und Staub. Das war das Spielzimmer der Hillmankinder. Sie war in der alten Villa der Hillmans. Warum war sie hier? Was war das für ein böses Spiel, das man mit ihr trieb. Ihr Herz begann schmerzhaft zu klopfen.

Beanstock arbeitete sich noch immer durch die eng beschriebenen Seiten. Die Patientenunterlagen sagten aus, dass Miss Emely Hillman an Herzversagen gestorben sei. Eine gängige Todesursache, die einfach durch ihren verwirrten Zustand, ein schwaches Herz und die Verabreichung starker Medikamente erklärt worden war. Die Unterschrift unter dem Totenschein lautete, wie Beanstock erwartet hatte, Dr. Richard Mc Lean.

Neben dem Totenschein gab es eine Liste der verabreichten Medikamente. Dann war da noch ein sehr interessanter Artikel aus der Times vom August des Jahres 1930. Einige ehemalige Studenten der Cambridge University wurden in einem Artikel und auf einem Gruppenfoto erwähnt. Auch wenn das Foto schon sehr alt und vergilbt war, erkannte der Butler Van Horten bzw. Richard Mc Clean sofort.

Unter dem Foto stand: *Die Studenten Kim Philby, Guy Burgess, Anthony Blunt, Donald und sein Bruder Richard Mc Lean sowie John Caircross, von links nach rechts, gratulieren ihrem Dekan Sir Reginald Barcley*. Das war Beweis genug.

Wenn dem Inspector dieser Nachweis nicht genügen würde, wäre es sicher ein Leichtes, Unterlagen aus Cambridge anzufordern. Damit wäre Van Horten alias Mc Lean überführt.

Wahrscheinlich würde der Geheimdienst seiner Majestät ebenfalls interessiert sein. Beanstock sah sich nochmals das amtliche Schreiben in dem grünen Hefter an.

„Das arme Mädchen", flüsterte er betroffen.

Er musste handeln. Als er den Küchenbereich betrat, waren die dienstbaren Geister von Parsley Manor mit der Vorbereitung der täglichen Teestunde beschäftigt. Beanstock sah zu der Uhr an der Wand. Es schlug soeben siebzehn Uhr. Teatime. Schon so spät? Er ging zum Telefon und wählte die Nummer des *Rosebud* Hotels. Die Dame an der Rezeption meldete sich sofort. Beanstock fragte nach Mrs Partridge und bekam die erwartete Auskunft. Niemand wusste, wo sie war. Sie hatte sich nicht gemeldet. Danach rief der Butler bei Mr Partridge in der Poststelle an.

„Wie meinen Sie das Mr Beanstock? Wann ich meine Frau das letzte Mal gesehen habe? Was soll das bedeuten?"

Der Postbote wirkte aufgeregt am Telefon.

„Ich habe sie heute Morgen zuhause gesehen. Würden Sie mir bitte sagen, was das soll?"

Beanstock entschuldigte sich, legte auf und wählte sofort die Nummer der Arztpraxis der Winterbottoms. Es nahm lange Zeit niemand ab. Dann meldete sich Dr. Timothy Winterbottom, entschuldigte sich für die Wartezeit, erklärte dass der Empfang heute nicht besetzt sei und fragte um welches Problem es sich handelte. Der Butler legte ohne etwas zu sagen auf und ließ damit einen verwunderten und verärgerten Arzt zurück, der sich erneut an das Aufziehen einer Spritze machte, um dem kleinen zitternden Charly eine lange fällige Impfung zu geben. Über diese Unhöflichkeit, die dem Butler gar nicht ähnlich sah, würde er sich später noch ärgern können.

Beanstock stand am Telefon und dachte nach. Phillis hatte in der Küche alles mit angehört und kam nun zu ihm in den Essraum des Personals.

„Ist etwas mit meiner Mutter, Sir? Ich hörte Sie mit meinem Vater reden."

Sie sah sehr beunruhigt aus und knetete nervös an ihrer Schürze herum.

„Machen Sie sich keine Sorgen, Phillis, ich bin sicher alles ist in Ordnung. Mrs Argyle!", rief er im Hinauslaufen laut nach der Hausdame. Die Hausdame kam mit einem Tablett aus der Küche und sah den Butler verwundert an.

„Ist etwas nicht in Ordnung? Sie sehen blass aus Mr Beanstock."

„Mrs Argyle, Isidora, ich muss sofort gehen. Es ist hoffentlich noch nicht zu spät. Bitte kümmern Sie sich um die Angelegenheiten der Herrschaft. Ich nehme den Wagen. Rufen Sie in der Polizeistation an und schicken Sie den Constable in das alte Haus der Hillmans. Ich glaube, ich weiß, wo Mr Van Horten ist."

Das rosa Gesicht der Köchin erschien in der Tür zur Küche, einen großen Holzlöffel in der Hand, von dem rötliche Marmelade auf ihre Schürze tropfte. Marmeladenkochzeit in Parsley Manor. Der klebrige Fleck um Mrs Porkpies Mund erzeugte bei Mrs Argyle einen Seufzer.

Im Laufschritt verschwand der Butler aus der hinteren Tür zum Küchengarten. Mortecai, der auf seinem nachmittäglichen Rundgang gerade nachsehen wollte, ob etwas aus der Küche für ihn zu holen war, konnte mit einem lauten Miau gerade noch ausweichen. Beanstock lief in die Garage.

„Gonzales, schnell, wir müssen sofort zum alten Haus der Hillmans fahren."

„Si, si Señor, ich bin bereit."

Der Chauffeur nahm sich nicht die Zeit, seine gute Jacke überzuziehen, sondern sprang so wie er war, mit aufgekrempelten Hemdsärmeln und Motoröl im Gesicht, in den Bentley und ließ den Motor aufheulen.

„Meinen Sie, der verloren gegangene Herr ist dort?"

„Ich vermute es und ich hoffe, dass wir nicht zu spät kommen."

Der Wagen schoss aus der Einfahrt. Harrison sah, auf seinen Besen gestützt, den beiden Männern verständnislos den Kopf schüttelnd nach.

„Was'n nun schon wieder. Dieses Haus wird langsam aber sicher zum Irrenhaus", murmelte er. Am Fenster zum Salon erschienen die verwunderten Gesichter von Sir Percival und Lady Fedora. Harrison drehte sich zu Ihnen um und zuckte die Schultern.

In diesem Moment kam der Postbote Mr Partridge auf seinem Fahrrad um die Ecke geradelt. Er stoppte neben dem Hausknecht und sah dem davon brausenden Auto nach. In der Tür des Haupteingangs erschienen Phillis und Mrs Argyle. Das Küchenmädchen lief zu ihrem Vater und umarmte ihn.

„Was ist hier los Kind?" fragte Mr Partridge seine Tochter, die ihn verwirrt ansah.

„Ich habe im Hotel erfahren, dass deine Mutter heute Morgen gar nicht zur Arbeit erschienen ist? Und dann fragt mich Mr Beanstock nach ihr?"

Mrs Argyle legte ihm beruhigend die Hand auf die Schulter.

„Mr Beanstock vermutet den Verleger My Ladys im alten Haus der Hillmans.

Ich kann Ihnen nicht sagen, was das mit Ihrer Frau zu tun haben sollte."

Der Postbote sagte kein Wort. Seine Gedanken überschlugen sich. Er wusste um die Verbindung seiner Frau zu den Hillmans. Er wendete sein Fahrrad, rief Mrs Argyle zu, sich um Phillis zu kümmern und strampelte, wie von Geistern gejagt, davon.

Lady Fedora kam aus dem Haus, legte den Arm um Phillis Schultern und redete beruhigend auf sie ein.

„Eine Tasse Tee wird dir jetzt gut tun, mein Kind."

Sie zwinkerte der Hausdame zu. Mrs Argyle nickte zustimmend. Bevor die Tür zuschlug, schlüpfte Junior laut bellend hinaus und lief über den Vorplatz dem längst verschwundenen Auto nach. Er bemerkte, dass er zu spät dran war und legte sich resigniert in die Ausfahrt. Mortecai beobachtete seinen Lieblingsfeind von der sicheren Mauer des Küchengartens aus. Ein aufmerksamer Beobachter hätte denken können, der Kater würde grinsen. Seine samtweiche Pfote strich belustigt den gepflegten weißen Bart glatt und sein buschiger Schwanz vollführte einen geschmeidigen Tanz.

Mrs Partridge hatte vergeblich versucht die Fesseln zu lösen. Sie hatten sich nicht einen Millimeter gelockert. Inzwischen taten ihre Gelenke furchtbar weh.

Schritte auf dem Flur.

Wie spät mochte es wohl sein? Sie hatte ihr Zeitgefühl verloren. Draußen schien es bereits zu dämmern. Die Tür wurde geöffnet. Jemand stellte etwas auf dem Tisch in der Mitte ab. Dann hörte sie das Zischen eines Streichholzes. Es wurde heller im Raum. Nun konnte sie endlich mehr sehen. Aber in diesem Moment wäre es ihr lieber gewesen, wenn sie weiterhin nichts hätte sehen müssen. Eine leise Melodie singend, ging der Mann durch den Raum.

Little Jack Horner
Sat in the corner
Eating a Christmas pie
He stuck in the Thumb
And pulled out the plum and said
What a good boy
What a good boy

Mrs Partridge traute ihren Augen nicht.

„Simon, mein Junge, was tust du denn hier? Mach mich bitte los!"

„Ts, ts, ts, meine liebe Mutter, meine umsorgende aufmerksame MUTTER!" Er betonte das Wort Mutter übermäßig.

„Weißt du noch, als ich einmal krank war? Ich war damals sechs Jahre alt und hatte furchtbaren Keuchhusten. Du hast mir immer dieses Kinderlied vorgesungen. Erinnerst du dich daran?"

Nun stand Simon genau vor seiner Mutter und spie ihr die letzten Worte ins Gesicht: "*What a good boy am I*! Ich bin doch ein guter Junge oder, MUTTER?"

Schweißperlen standen auf seiner Stirn und der Blick war unruhig.

„Wie war das noch? Ach ja. Emely wurde nach dem Tod ihrer Eltern depressiv und ihre Tante hatte nichts Besseres zu tun, als sie in eine psychiatrische Klinik zu bringen. Die Leute durften ja nichts bemerken, nicht wahr? Wie peinlich das gewesen wäre! Noch dazu kam sie zu diesem Irrenarzt oder sollte ich sagen irren Arzt Dr. Richard Mc Lean. Sie war für ihn nur ein neues Versuchskaninchen. Er hat sie in den Tod getrieben mit seinem

Gift. Dann hat er es aussehen lassen, als ob sie an Herzversagen gestorben wäre. Ein sehr böser Mann, nicht wahr? Da stimmst du mir zu. Und ich musste mich um ihn kümmern, natürlich. Ich hatte mich vorher schon um Emelys böse Tante gekümmert, weißt du? Ja ich bin sicher du weißt alles."

„Simon was redest du denn, ich hatte doch keine Ahnung."

„Lügen, Lügen, Lügenmund, redest dir die Seele wund!"

Simon drehte Mrs Partridge Sessel zu dem Tisch, so dass sie sehen konnte, was darauf lag. Neben dem flackernden Kerzenlicht lagen verschiedene Dinge. Ein golden schimmerndes Zigarettenetui, eine kleine Holzkiste mit einer dunkelroten leicht verblassten Rose auf dem Deckel und ein Stapel Briefe mit einer grünen Schleife zusammen gebunden.

Mrs Partridge erkannte die Briefe.

„Woher hast du diese Briefe?"

„Du hattest sie gut versteckt, das ist wahr. Aber vielleicht hättest du sie besser verbrannt. Ach, das alte Leute immer alles aufheben müssen. Es ist doch ein Fluch, oder?"

„Simon, du verstehst das nicht. Lass dir doch erklären..."

„Du kannst mir gar nichts erklären. Du hast es zugelassen, dass man die schwangere Emely ins Irrenhaus zu diesem Monster gebracht hat. Du hast es zugelassen, dass man ihr das Kind nach der Geburt wegnahm und du hast es in Kauf genommen, dass sie sterben musste. An gebrochenem Herzen? Nein, an Gift ist sie jämmerlich zu Grunde gegangen. Wie sahen wohl ihre letzten Stunden aus? Allein, ohne ihr Kind, ohne Trost, schreckliche Schmerzen?

Du hast dir das Kind in den Arm legen lassen von der guten Tante Agatha und Dr. Mc Lean und bist einfach gegangen. Die gute

Tante war sehr zufrieden. Sie hatte nun Geld genug und kein Nachkomme der Hillmans konnte noch Anspruch erheben.
Priscilla brachte sich glücklicherweise früh genug in Sicherheit. Du hast auch meine Tante Priscilla verraten. Wäre sie doch niemals zurückgekommen. Dann würde sie jetzt noch leben und auch die kleine Bernice. Ja, auch dieses Mädchen hast du auf dem Gewissen. Als ich die Briefe fand, die du von Tante Agatha und diesem Arzt bekommen hattest, wurde mir so ziemlich alles klar. Ich habe mich erst um die gute Tante gekümmert und dann um Dr. Mc Lean. Willst du ihm guten Tag sagen, Mutter?"

Simon ging zur Tür, öffnete sie und drehte dann den Sessel seiner Mutter in Richtung Tür. Am Geländer der Treppe hing ein Seil, das nach unten verschwand. Simon schob den Sessel etwas näher an die Tür und da konnte Mrs Partridge den Kopf des Verlegers baumeln sehen.
Sie verschloss die Augen vor dem grauenhaften Anblick.

„Vielleicht hätte ich gar nicht bemerkt, dass er auf Parsley Manor Gast war, aber ich wollte unbedingt meine Tante Priscilla kennen lernen. So war ich in der Nacht vor ihrem Fenster. Sie war so schön. Emely war sicher auch sehr schön. Dann ging ich am Tag des Empfangs noch einmal zum Haus. Ich habe dich in den Büschen bemerkt. Du wolltest sie auch sehen, nicht wahr? Beinahe hättest du mich entdeckt. Und dann sah ich ihn. Er stand da mit seinem arroganten Lächeln auf dem hässlichen Gesicht und fühlte sich sicher. Ich habe ihn sofort erkannt, ich habe sehr gut recherchiert, weißt du? Damals als ich in London meinen Abschluss als Pfleger gemacht habe, hatte ich viel Zeit dafür. Leider erkannte ich zu spät, dass er Priscilla etwas antun würde. Das hatte ich nicht erwartet."

„Aber Simon, ich wollte doch nur helfen. Wie schlimm wäre es gekommen, wenn man dich in ein Waisenhaus gegeben hätte!"

„Sei still!", stöhnte Simon auf und näherte sich drohend dem Sessel.

Der Bentley raste in beeindruckendem Tempo um die Kurven. Gonzales starrte hoch konzentriert auf die Straße. Beanstock krallte seine Hände tief in die Polster seines Sitzes. Nach zehn Minuten hatten sie die Einfahrt zum Anwesen der alten Hillmanvilla erreicht. Es dämmerte bereits. Dunkle Wolken versprachen ein Unwetter. In der Ferne sah man bereits die ersten Blitze und hörte den fernen Donner.

Das schmiedeeiserne Tor hing schief in den Angeln und der Weg zum Haus war von Gras und Unkraut überwuchert. Trockenes Laub flog im aufkommenden Wind.

Die beiden Männer stiegen aus.

„Haben Sie eine Taschenlampe im Wagen, Gonzales?", fragte der Butler und sah beunruhigt zu der dunklen Fassade des Hauses hinauf.

Gonzales öffnete den Kofferraum und nahm aus dem Werkzeugkasten eine Taschenlampe. Er prüfte kurz, ob sie intakt war, nickte zufrieden und gab sie dem Butler.

Langsam und vorsichtig näherten sich die beiden Männer dem Haus.

„Fehlt nur noch der Ruf einer Eule, in diesen Gruselfilmen ist das immer so", raunte Gonzales dem Butler ins Ohr. Wie gewünscht kam der grausige Ruf einer Eule. Die Beiden sahen sich mit hoch gezogenen Augenbrauen an.

Gonzales bückte sich kurz und hob etwas auf. Er hielt einen dicken Ast prüfend in den Händen, war zufrieden damit und folgte dem Butler. Beanstock blieb stehen.

„Was wollen Sie denn mit diesem Knüppel?“, flüsterte er.

„*Nunca se sabe*, Señor Beanstock!“ flüsterte er zurück.

„Wie bitte?“

„*Maldito*, man kann niemals wissen.“

„Warum sagen Sie das nicht gleich!“

Die beiden Männer gingen vorsichtig weiter. An der Eingangstür angekommen, horchte Beanstock, ob sich im Inneren etwas regte. Es war kein Laut zu hören. Beanstock drückte die Tür auf, die nur angelehnt war. Das Knarren der alten Tür ließ ihn innehalten. Er horchte. Es blieb ruhig.

Als sie in der Halle standen, leuchtete Beanstock den Raum mit der Lampe langsam ab. Sie schlichen zur Treppe, um hinauf zu sehen. Kurz bevor sie die Treppe erreichten, hörten sie ein knarrendes Geräusch, wie Stricke in der Takelage eines Schiffes, die sich im Wind bewegten. Beanstock leuchtete hinauf zur ersten Etage. Gonzales schlug seine Hand vor den Mund.

Vor ihren Gesichtern baumelten Beine, die, wie Beanstock in Gedanken bemerkte, in sehr teuren handgefertigten Schuhen steckten.

„Echte Mufforts & Portermans, würde ich meinen, gute Firma“, flüsterte er.

Sie sahen dem Schein der Lampe nach hinauf zum Gesicht und erkannten Van Horten. Die Augen standen weit offen und sein Gesicht hatte einen bläulichen Schimmer.

In diesem Moment hörten sie Gesang. Es kam aus der ersten Etage. Stufe für Stufe versuchten sie, ohne einen Laut zu erzeugen, in die erste Etage hinaufzusteigen.
Hinter einer Tür vernahmen sie Gesprächsfetzen. Als sie näher herankamen, erkannte Beanstock die Stimmen. Was die beiden dann hörten, bestätigte den Verdacht des Butlers. Es war das Geständnis eines Mörders.

Plötzlich wurde die Tür geöffnet. Ein Strahl Licht fiel auf den Flur. Gonzales hatte sich schnell auf der anderen Seite der Tür in den Schatten verzogen und Beanstock drückte sich auf der rechten Seite dicht an die Wand. Sie hörten das Scharren von Stuhlbeinen über dem Boden und ein schluchzendes Geräusch, nachdem Mrs Partridge den Verleger entdeckt hatte. Dann lauschten sie weiter den Bekenntnissen eines Mörders. Er setzte für Beanstock die letzten Puzzleteile zusammen.

Als Simon sich wütend zu Mrs Partridge umdrehte und ihr ins Gesicht schrie, sie solle still sein, verständigte sich der Butler mit Gonzales. Er warf ihm einen aufmunternden Blick zu, bewegte lautlos die Lippen und zählte von drei rückwärts. Dann sprangen sie gemeinsam auf Simon und warfen ihn zu Boden. Es kam zu einer Rangelei, in dessen Verlauf nicht nur Simon, sondern auch der Butler, Gonzales Stock zu spüren bekam. Schließlich hatten sie Simon überwältigt. Mit hoch rotem Gesicht und wütend lag der junge Mann am Boden. Gonzales riss ein Gardinenband von den Fenstervorhängen. Damit wurde Simon verschnürt, bis er sich nicht mehr regen konnte.

Als Beanstock endlich Mrs Partridge befreit hatte, hörte man in der Ferne Polizeiwagen näher kommen. Erleichtert schloss

Beanstock seine Augen. Mrs Partridge kniete sich neben ihren Sohn und schluchzte leise.

„Was hast du nur getan, Simon. Ich habe es doch nur gut gemeint. Emely konnte ich nicht helfen, aber ich konnte dich aus den Klauen dieser Tante befreien. Sie hätte dich bei diesem Arzt gelassen und er hätte dich auch noch umgebracht. Du bist doch mein Simon."

„Ich bin niemals dein Simon gewesen", zischte der junge Mann am Boden und drehte sich weg.

Als man Laufschritte auf der Treppe hörte und den flackernden Schein von Taschenlampen, drehte sich Beanstock zu dem kleinen Tisch um. Er öffnete fast zärtlich die kleine Holzkiste und sah die billigen Reichtümer, die Bernice dort verwahrt hatte. Mit einem Finger strich er über die kleinen Dinge, die ihr so viel bedeutet hatten. Und er sah das goldene Zigarettenetui und ein Duft von Vanille durchwehte den Raum.

„*Shalimar*", flüsterte Beanstock.

Inspector Greenwood erschien mit dem Constable und mehreren uniformierten Polizisten, die er als Verstärkung aus London mitgebracht hatte. Die Spurensicherung erledigte ihre Arbeit, Van Horten alias Mc Lean wurde abgenommen und in die Rechtsmedizin geschafft.

Mrs Partridge war schwer angeschlagen und der hinzu gezogene Dr. Winterbottom wies sie in das nächst gelegene Krankenhaus zu Erholung ein. An ihrer Seite war ihr Mann, der gleichzeitig mit dem Inspector eintraf und das ganze Ausmaß der Vorkommnisse noch nicht verstehen konnte.

Beanstock zog aus seiner Tasche den Schein aus dem grünen Hefter und überreichte ihn dem Inspector.

Auch Dr. Winterbottom sah sich den Geburtsschein vom Dezember 1929 genau an. Die Geburt eines gesunden Jungen, namens Simon Patrik Hillman, war auf dem Schein vermerkt worden. Blass und mit Tränen in den Augen gab er dem Inspector die Urkunde zurück. Er hatte nicht nur seinen besten Krankenpfleger verloren. Vor allem erschütterte ihn, dass sein eigener Sohn, ohne dass sie voneinander wussten, jahrelang an seiner Seite gearbeitet hatte. Aber selbst Simon hatte nichts von der Identität seines Vaters gewusst. Das hatte den Jungen nie interessiert.

Wann genau es bei ihm zur Psychose wurde und er so viel Wut aufbaute, würde niemand je erfahren. Man überstellte ihn sofort nach London, wo er auf seinen Prozess warten musste. Die Todesstrafe würde ihm wahrscheinlich erspart bleiben, da sein Verteidiger auf das Gutachten eines Psychiaters setzte, das ihm Unzurechnungsfähigkeit und krankhafte Tendenzen zuschrieb. Wenn der Prozess zu seinen Gunsten ausfiel, würde sein Leben in einer psychiatrischen Einrichtung für Schwerverbrecher enden.

„Was für eine furchtbare Geschichte. Wie können so viele Leben mit einem Schlag so durcheinander geraten“, Lady Fedora lehnte sich seufzend in ihrem bequemen Sessel im Salon zurück und ihr Blick ging in eine unbekannte Ferne. Beanstock goss eine Tasse Tee ein und reichte sie My Lady.

„Wenn ich etwas sagen darf, My Lady. Der Auslöser war die Tante Agatha Eugenie Hillman. Man sollte zwar im Nachhinein niemals versuchen, was wäre wenn zu fragen, aber, wenn diese böse Dame, Emely Hillman nicht in dieses Hospital gebracht hätte, würden vielleicht all die armen Menschen noch leben. Sogar die böse Tante Agatha."

Das Leben in Parsley Manor ging wieder seinen gewohnten gemütlichen Gang. Der Knecht Harrison durfte endlich die Verstopfung in der Toilette des blauen Zimmers beseitigen. Der Gärtner Mr Herringbone las in seinem Pflanzenbuch kopfschüttelnd über die Rizinpflanze. Mrs Porkpie machte ihrem Ruf alle Ehre und fabrizierte Marmeladen am laufenden Band.

Das Küchenmädchen Phillis erholte sich langsam von dem Schock, dass ihr Bruder nicht ihr Bruder gewesen war.

Filomena Arbuckle, die Zofe My Ladys, plante eine lang ersehnte Reise und war im Haushalt Parsley Manor die am wenigsten erschütterte Person.

Die Hausdame wiederum stellte nach langem Zögern ein junges Mädchen namens Elizabeth Trilby ein, das mit sehr guten Empfehlungen aus London kam und nach Parsley Manor passen würde. Die nächsten Wochen würden darüber entscheiden.

Mrs Isidora Argyle schließlich wurde von ihrer Vergangenheit nicht mehr belästigt, da es Beanstock gelungen war, sie aus den Ermittlungen des Inspectors herauszuhalten.
Seine Informanten, ob nun Mrs Argyle oder die Organisation Daisy Chain, wurden von ihm nicht offen gelegt. Inspector Greenwood gab es schließlich auf, sich darüber aufzuregen. Er akzeptierte es.

Die Beweisunterlagen wurden auf gesetzlichem Weg neu beschafft und dann teilweise vom Geheimdienst seiner Majestät wieder beschlagnahmt. Man ermittelte gegen Dr. Mc Lean, dessen Bruder und einige Studenten aus Cambridge wegen des Verdachts der Spionage.

Mr Beanstock freute sich auf seine Kriminalromane und hoffte, dass es bei geschriebenen Verbrechen in Zukunft bleiben würde. Am Abend saß er in seinem gemütlichen Zimmer. Das geöffnete Fenster brachte den Duft von blühenden Rosen und duftender Minze ins Zimmer und in seiner Hand lag der neuste Krimi *Ein Mord wird angekündigt* von seiner Lieblingsautorin Agatha Christie.

„Endlich ermittelt wieder Miss Marple mit ihrem Gespür für menschliche Tragödien“, dachte der Butler und lächelte zufrieden. Sein Blick glitt einen kleinen Moment in die Ferne. Eigentlich war doch ein bisschen Aufregung sehr erfrischend. Er lächelte und wusste, das war nicht der letzte Fall, den es zu lösen gab.